대길이 엄마
김미자

임대길 지음
태라 전난영 감수

문학공감

대길이 엄마
김미자

임대길 지음
태라 전난영 감수

문학공감

목차 ···

들어가는 말 ··· 06

제1부 어머니

물리적 질병의 체험 ··· 11

물리적 질병을 겪은 후 ··· 18

내가 기억하는 어머니 ··· 24

어머니의 성장환경 ··· 34

아버지의 성장환경 ··· 37

아버지와 어머니의 결혼생활 ··· 42

이혼 후 어머니와 나의 생활 ··· 56

복귀와 학벌 집착증 그리고 대학 생활 ··· 58

정신적 강박증을 겪고 ··· 72

어머니의 병 ··· 75

두 번째 강박증 ··· 87

드디어 취직을 하다 ··· 97

죽음 ··· 102

장례 ··· 112

꿈 ··· 121

유품 정리 ··· 123

어머니와의 마지막 데이트 ··· 126

정신 센터 ··· 130

유서 ··· 135

사십구재 ··· 137

에필로그 1 ⋯ 139

에필로그 2 ⋯ 142

제2부 임대길의 이야기

터 ⋯ 147

아버지에 대한 단상 ⋯ 153

이렇게 살면 안 되는데 ⋯ 166

이름을 바꾸고자 하는 사람들에게 ⋯ 173

정신적 고통이 찾아온 사람들에게 ⋯ 175

소중한 존재를 먼저 보낸 사람들에게 ⋯ 178

유가족분들에게 ⋯ 182

질병의 의미 ⋯ 186

병원의 의미 ⋯ 189

죽음에 관하여 ⋯ 191

안락사에 관하여 ⋯ 195

의사와 제사장 ⋯ 201

직업에 관하여, 업에 대하여 ⋯ 204

건강에 관하여 ⋯ 206

정신적인 처방 – 말 그리고 영혼의 안정 ⋯ 211

골든타임 ⋯ 214

치유사 그리고 연금술사 ⋯ 216

영혼해원에 관하여 ⋯ 218

나는 제약 영업사원 임대길이다 ⋯ 222

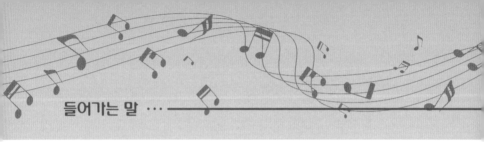

임대길과 병원은 참 관련이 많다. 예전 이름이 '임병도'였으며, 정신적으로 병을 겪어 보기도 하였고, 물리적으로도 병을 겪어 보았다. 또한 어머니 병간호도 해보았으며, 어머니를 병원에서 보내드렸다. 현재는 제약회사에서 병원 영업을 하고 있으며 의사, 약사, 간호사분들을 만나고 있다. 이 일을 하기 전에도 병원을 오갔고, 지금은 직업이 되어 병원을 오가고 있다.

'임병도'란 이름은 아버지께서 지어주셨다. 이름에조차 '병'자가 들어간다. 친가 남자 사촌들 이름이 '병'자 돌림이었고, 아버지께서 좋아하신 교수 이름이 김병도였다. 그래서 좋은 교수가 되라고 임병도란 이름을 지어주셨는데 지금 생각해 보면 절묘하다. '병'자 돌림이었고 하필 아버지께서 좋아하신 교수 이름이 김병도였다니….
'병원과 임병도…' 다만 나는 안타깝게도 교수랑 거리가 먼 사람이었다. 당시에는 인지하지 못하였지만….

임병도란 이름으로 나는 30년을 살았으며, 나 또한 질병과 관련이 많았다. 나의 병은 고등학교 시절에 발발되었다. 18세 때 학교에서 뇌병변이 일어나 갑자기 쓰러졌다. 감기 증상과 함께 오른팔이 마비가 왔으며 말문이 막혀 소리를 낼 수 없었다. 이후 27살 때 정신적

인 강박증이 찾아와 같은 행동을 수차례 반복하였다. 2~3년 동안 강박증을 겪다가 결국 격자형 망막 변성과 망막 열공, 비문증이라는 질병이 눈에 찾아왔다. 그리고 어머니께서는 뇌종양을 겪으셨고, 내가 30살 때인 2015년 6월에 세상을 떠나셨다. 아버지는 현재 파킨슨병을 앓고 있다.

어머니께서 돌아가시기 6개월 전 제약회사에 입사하게 되었고, 2020년인 현재까지 제약 영업을 하고 있다. 제약회사 영업사원으로 근무하면서 의사, 약사, 간호사분들을 만나고 있다. 질병과 관련이 많았던 내가 의료계 영역에서 일한다는 건 의미가 있다고 생각하며 사명을 갖고 일을 하려고 한다. 앞으로 내가 할 수 있는 일이 있을 거라 생각하고 미래의 인생을 개척해 나가고 싶다.

나의 이야기는 논픽션이다. 내가 직접 겪고 경험한 일이다. 젊은 나이에 압축해서 겪은 일들이 누군가에게 배움과 공부를 줄 수 있을 거라 생각해서 과거를 오픈하기로 하였다.

내 인생은 임병도의 인생과 임대길의 인생 두 가지로 나뉜다. 임병도의 인생이 과거의 인생이라면, 임대길은 미래의 인생이다. 나는 지금 임대길의 인생을 살아가고 있다. 임대길이라는 이름처럼 큰길을 걸어갈 것이다.

제1부

⋮

어머니

물리적 질병의 체험 …

35년의 나의 인생에서 몇 가지 큰 사건이 있었는데, 18살이라는 어린 나이에 한 가지를 겪게 되었다.

고등학교 2학년 6월 초여름이었다. 어느 날 몸이 춥고 몸살 비슷한 증상이 있었다. 이틀째 증상이 없어지지 않아 야간자율학습을 마치고 병원에 가니 감기라고 진단을 받았다.

증상을 이야기하니 의사는 큰 의심 없이 주사와 함께 약을 처방해 주었다. 이튿날 약도 먹고 평소와 다름없이 학교생활을 하였다. 이틀 이상 아픈 적이 없었는데 증상이 가라앉지 않았다. 6월 초여름인데도 추워서 반팔 교복 위에 긴팔을 입고 있었다. 단순 감기라 생각하고 크게 신경 쓰지 않는데 언제부터인가 오른팔이 아프기 시작하였다. 팔이 뻐근하게 통증이 있었다. 그리고 며칠 뒤 미술 시간에 갑자기 입이 제멋대로 움직이면서 몸도 같이 떨려 왔다. 약간 발작 비슷한 증상이 있었다. '이게 뭐지?'라는 생각이 있었지만 그냥 넘어갔다. 이후 한 번 더 같은 증상이 있었는데 금방 멈춰서 심각하게 생각하지 않았다. 큰 병의 전조 증상이라고 전혀 의심하지 못했다. 당시 고등학생 신분이었고 스트레스를 겪어서 그런가 하고 무심하게 넘어갔다. 그리고 처음 증상이 있은 지 일주일 후, 나는 학교에서 발작을 하며 갑작스럽게 쓰러졌다.

여느 때와 같은 하루였다. 고등학교 2학년인 나는 어머니가 차려준 아침을 먹고 학교를 가기 위해 길을 나섰다. 당시만 해도 0교시가 있을 때라 아침 7시 50분부터 수업을 시작하였다. 0교시는 90% 이상의 학생들이 잠에 빠진다. 그렇게 0교시, 1교시, 2교시를 마치고 쉬는 시간이 되었다.

화장실에 다녀온 후 우유를 먹으려 했다. 그 당시는 지금처럼 다양한 우유의 선택권이 있지 않았고 흰 우유만 있었다. 안 먹는 친구들도 많았지만 나는 초등학교 때 이후 우유를 걸러 본 적이 없었다. 친했던 친구와 우유를 던지며 평소처럼 장난을 치고 있었는데 갑작스럽게 입에 거품을 물고 그대로 쓰러져 땅에 머리를 부딪치고 쓰러졌다. 바로 정신을 잃었다. 땅에 머리를 부딪치는 느낌이 있었고 나는 그대로 의식을 잃고 기억이 없었다. 나중에 주위 친구들에게 말을 듣고 보니 거품을 물고 발작을 하였다고 한다.

쓰러진 지 20~30분쯤 지났을까? 정신이 깨어 일어났는데 양호 선생님이 옆에 계셨고 주위에 옆 반 아이들까지 몰려와 나를 지켜보고 있었다. 양호 선생님은 무척이나 당황한 듯 보였고, 놀란 아이들의 표정이 보였다. 응급 처치를 진행하였는지 허리띠가 풀려 있었고 윗옷도 벗겨져 있었다. 그런데 정신은 들었는데 말이 나오질 않았다. 말을 아예 할 수가 없었다. 단어가 생각나도 입에서 말이 나오질 않았다.

양호 선생님이 괜찮냐고 물어보는데 대답을 할 수가 없었다. 양호 선생님도 이런 경험은 처음인 것 같았고 구급차가 오고 있다고 하셨다. 금방 구급차가 학교로 왔고 담임 선생님과 양호 선생님이 동행한 채 근처에서 가장 가까운 천안 단국대 병원으로 향했다.

18살이라는 어린 나이에 이렇게 갑작스럽게 구급차를 탈 줄은 꿈에도 생각하지 못하였다. 사이렌을 크게 울리면서 병원으로 달려갔고 나는 누워 있었다. 정신이 멍하고 '이게 무슨 일인가? 꿈인가? 생시인가?' 분간이 가질 않았다. 구급차가 병원에 도착하였고 바로 응급실로 옮겨졌다.

담당의가 초진을 하고 이것저것 담임 선생님한테 물어보기 시작하였다. 얼마 지나지 않아 연락을 받으신 어머니께서 달려오셨다. 아마도 내가 그냥 학교에서 놀다가 어디 부러진 줄 아셨을 텐데 나의 상태를 보고 많이 놀라셨을 것이다. 하나뿐인 외동아들이 18세의 나이에 응급실에 실려 온 것을 보셨으니 아마 가슴이 내려앉으셨을 텐데 어머니는 내 앞에서 감정을 티 내지 않으셨다.

나는 말도 할 수 없었고 오른팔이 마비되어 오른팔을 쓸 수가 없었다. 오른팔에 힘을 주면 마치 좀비처럼 움직였다. 그 모습을 어머니도 보셨다. 하지만 어머니는 내 앞에서 슬픔을 보이지 않으셨다. 이후 고등학교 선생님으로 근무하시던 아버지도 도착하셨다.

아버지는 담임 선생님과 다른 학교에서 함께 근무했던 사이였다. 담임 선생님은 다시 학교로 가셨고, 나는 부모님과 같이 응급실에 있었다. 이것저것 검사와 질문을 많이 하고 꽤 오랜 시간이 흘렀고 마음이 지쳐갔다. 병의 원인도 그리고 정확히 어떤 병인지 찾아내지 못한 것 같았다. 응급실에서 6~7시간 동안 대기하였다. 7시간이 일주일처럼 느껴졌다.

이후 어떤 여의사가 들어와서 나의 상태를 보고 대뜸 부모님께 다음과 같이 이야기를 하였다.

"아이가 장애인이 될 수도 있습니다. 마음의 준비를 하셔야겠습니다."

말은 못 해도 귀는 알아들을 수 있었다. 나는 그 이야기를 듣고 눈물이 펑펑 쏟아져 내렸다. 여느 아이들처럼 뛰는 것도 좋아하고 아직 어린 나이인데 장애인이라니…. 나는 슬퍼하였지만 부모님 두 분은 의연하셨다. 감정을 드러내지 않으셨다. 두 분 모두 얼마나 가슴이 아프셨을까… 부모가 되어 보질 않아서 감히 그 심정을 안다고 할 수가 없다. 두 분께서 감정적으로 반응하지 않으셔서 나도 곧 울음을 멈추었다.

긴 대기 시간이 끝나고 입원수속을 바로 진행하였다. 병원에서는 1인실로 배정을 해주었고 생전 처음 환자복으로 갈아입었다. 항상 교복만 입어 왔는데 환자복을 입고 나니 기분이 참담하였다.

투병생활이 시작되었다. 첫날 저녁부터 입원하였는데 열이 워낙 심해서 고생했고 척추 검사를 진행하였는데 너무나도 아팠다. 첫날 아버지가 병간호를 하셨는데 꾹 참아 내었다. 검사 후 열 때문에 밤새 고생을 하였다. 간호사가 밤 중에 수시로 드나들며 나의 상황을 체크해 주었다. 아버지 또한 한숨도 제대로 주무시질 못하였다. 이튿날 아침이 되었고 어머니가 새벽 5시에 병실로 오셨다. 아버지는 출근을 위해 가시고 어머니와 시간을 보냈다. 말은 할 수 없었지만 어머니의 마음을 느낄 수 있었다.

꼭 나를 다시 건강하게 만들고 말겠다는 어머니의 진심… 많이 힘들고 잠도 못 주무셨을 텐데 여전히 내 앞에서는 티를 내지 않으셨다. 어머니는 당시 피아노 학원을 운영하셔서 11시까지 내 간호를 해 주셨고, 이후 외할머니, 외할아버지가 홍성에서 올라오셨다.

이튿날부터 본격적으로 여러 가지 검사를 시작하였다. 그 당시 나는 머리가 깨질 것같이 아파서 누워만 있었고, 병원 침대에 누운 채로 여기저기 검사를 위해 돌아다녔다. 며칠 동안 받은 검사가 꽤 되었다.

약도 이것저것 엄청 많이 썼다. 병명을 확실히 잡을 수 없어 그런지 여러 종류의 약을 투약받았다. 어머니는 빠른 회복을 위해 1인실 병실을 계속 쓰자고 하셨고 담당 교수님이 들어오면 다음과 같이 말씀하셨다.

"아이가 낫기만 하면 되니, 아낌없이 약을 써 주십시오."라고 말씀하셨다. 새벽 5시에 오셔서 아버지와 교대를 하고 오전까지 계시고 다시 학원을 운영하셨다. 하루도 빠짐없이 나의 간호를 신경 쓰셨다. 아버지도 출근하여 일을 하고 저녁 무렵 오셔서 나와 같이 밤을 보내셨다.

며칠 후 팔이 회복되어 정상적으로 움직일 수 있게 되었다. 그리고 일주일쯤 지나자 어느 순간 내 말문이 트이기 시작했고 열도 서서히 잡히기 시작하여 잠도 편하게 잘 수 있었다. 차도가 보이자 부모님도 한시름 놓으셨다. 나는 부모님 두 분이 심리적으로 동요를 하지 않으셔서 그런지 첫날을 빼고는 안정적인 상태를 유지할 수 있었고 크게 걱정하지는 않았다. 무의식적으로 이렇게 내 인생이 끝나지 않을 거란 묘한 느낌도 있었다.

차도가 보이기 시작하며 회복도 빨라졌다. 두통도 나아져서 병원 내를 가볍게 산책을 할 수 있을 정도로 몸이 괜찮아졌다. 나의 병은 점점 괜찮아지는데 부모님의 사이는 점점 안 좋아지셨다.

병원에 입원한 지 3주 가까이 되자 담당 교수는 퇴원 이야기를 하였다. 드디어 끝이구나… 당시 나는 머리 통증만 빼고 나머지는 정상적으로 회복이 된 상태였다.

병명은 확실히 밝혀지지 않았고 담당 교수는 '뇌염, 뇌경색이 의심되는 뇌 병변'이라고 이야기를 해주었다. MRI 찍은 것을 보면 뇌가 부어 있었다고 아버지가 말씀해 주셨다. 정확히 3주 후 퇴원 당일이 되어 퇴원 절차를 밟고 택시를 불러 집으로 돌아왔다.

머리에 두통이 남아있어서 움직이기가 힘들었다. 그래서 학교에 바로 가지 않고 집에서 쉬면서 회복을 하였다. 다행히도 학교는 여름방학 기간이라 출결에 큰 문제가 안 되었고, 유급하지 않아도 되었다. 집에 돌아오자 회복도 점점 빨라져 한 달 정도 쉬고 여름방학 보충수업 때 학교에 다시 복귀할 수 있었다. 정말 감사한 일이었다.

아마 병치레가 더 길어졌으면 학교를 유급하는 상황이 올 수도 있었는데 다행히 학교는 정상적으로 졸업할 수 있게 되었다. 마치 타이밍이 예정되어 있던 것처럼 3주라는 길지도 짧지도 않은 시간 동안 물리적 질병 체험을 하였다.

학교를 나간 이후 빠르게 건강을 회복해 가면서 2학기 시작부터는 체육활동도 할 수 있을 정도로 몸이 나아졌다. 가끔씩 두통은 있었지만 졸업할 때까지 큰 문제는 없었다. 고등학교 졸업 후 21살 때까지 약물치료를 받았고, 완치 판정을 받아 현재까지 건강하게 살고 있다.

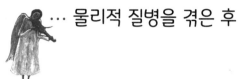

… 물리적 질병을 겪은 후

18살이라는 어린 나이에 뇌병변이 생겼기에 전후 사정을 분석해 보고자 몇 가지를 적어보려 한다.

병명은 '뇌경색, 뇌염이 의심되는 뇌병변'이었다. 나중에 담당 교수님한테 찾아가 물어보았는데 확실한 병명은 없었다. 병이 생기고 오른팔에 마비가 왔고 입에서 말이 나오질 않았다. 머릿속에 생각은 나는데 언어로 표현이 안 되었다. 그리고 두통이 머리에서 천둥이 치는 것처럼 상당히 심했다. 또한 MRI 사진은 보면 뇌가 부어 있었다고 하였다. 그렇다면 원인 모를 질병이 나에게 왜 찾아왔을까? 그당시 상황을 적어보려 한다.

유년기 시절부터 어머니 아버지 사이가 좋지 않으셨고, 두 분이 다투실 때마다 가슴이 내려앉아 심리적으로 괴로웠다. 학창 시절 때도 부모님께 감정을 표현하지 못하고 괴로워만 하였다. 그때는 이야기할 용기도 없었으며 설령 이야기한다고 하여도 두 분 사이가 나아질 거 같지는 않았다.

두 분은 이혼하셨고, 이혼하기 전후, 누구보다 어머니, 아버지가 가장 힘드셨겠지만 그 과정을 옆에서 지켜보던 나도 속이 타들어 갔다. 친구에게 이야기할 수도 없었고 그저 속으로 아파하였다. 그때는 지금처럼 이혼이 그렇게 많지 않았던 시기인지라 이혼에 대해 누구에게 이야기할 수 있는 상황도 아니었다.

내가 중학교 3학년 때 두 분은 법적으로 이혼을 하셨지만 나를 위해 한집에 살기로 하셨다. 살던 집에 2층을 올려 아버지는 2층, 어머니는 1층을 사용하셨다. 나는 양쪽을 왔다 갔다 하며 지냈다. 아버지는 나의 학업을 위해 학교 발령도 천안으로 오셨다. 그리고 그다음 해에 나와 같은 학교에 발령을 받으시려고 노력도 하셨다. 하지만 어머니와의 사이는 좀처럼 가까워지질 않았다.

법적 이혼을 하시고 말없이 두 분이랑 살 때도 마음이 편한 날은 거의 없었다. 2년여 동안 세 식구가 마주 앉아 이야기를 나눈 게 손에 꼽힐 정도이다. 어머니가 식사 준비를 하면 나는 아버지에게 가서 말씀을 드린다. 그러면 세 식구가 한 식탁에 앉아 한마디도 하지 않고 식사를 한다. 정말 아무런 이야기 없이 밥을 먹었다. 아무런 소통 없이 팽팽한 긴장감이 맴도는 시간이 나도 모르게 스트레스 압력을 차게 한 것 같다. 나는 두 분의 눈치를 보았고, 이러한 상황에 대해 아무런 액션을 취할 수가 없었다.

같이 살아도 아버지, 어머니 사이를 왔다 갔다 하며 따로 시간을 보냈다. 그러던 중 결국 곪았던 부분이 터져 나와 두 분은 서류상 이혼에 이어 이제 물리적으로 이별을 결정하셨다.

병이 발발하기 6개월 전, 고1 겨울 때 아버지께서 집을 나가시기로 결정하셨다. 나는 부모님과의 삼자대면에서 어머니와 살겠다고 하였다. 어머니의 손길이 필요하였고 도저히 어머니를 혼자 계시게 둘 수 없었다. 이때 어렴풋이 내가 어머니를 지켜드려야 한다고 생각하였다. 어머니와 아버지의 이별을 지켜보면서 그 당시엔 인지하지 못했지만 큰 정신적 충격을 받았다.

2년 전 이혼 때도 그렇고, 아버지께서 집을 나가실 때도 나는 아무 이야기도 하지 않았다. 아니 이야기를 못하였다. 그저 두 분의 뜻을 받아들이고 참으려 애썼다. 가슴이 내려앉았지만 내 이야기를 하지 못하였다.

그리고 강박 관념이 처음 나를 사로잡기 시작하였다. 쓰러지기 한 달 전, 신체검사를 하였는데 1년 전과 키가 그대로였다. 이때 키에 상당히 집착하기 시작하였다. 키로 인해 괴로워하다가 아산까지 가서 한약을 지어먹기도 하였다. 그때 한의사가 "완성된 신체가 아니다. 더 클 것이다."라고 하였고 보약을 지어주었다. '내가 빨리 자라서 어머니를 보호하고 지켜드려야 하는데 왜 나는 키가 자라지 않을까' 스스로 자책하고 키에 대한 강박증으로 나를 몰아세웠다. 아버지가 부재중이시기 때문에 내가 가장 노릇을 해야 한다고 생각하였다. 그래서 키에 집착하게 되었다.

이런 강박적인 성격은 어머니, 아버지와 비슷한 면이 있다. 어머니께서는 집안청소를 매일매일 하시며 청결에 대한 강박이 있으셨다. 집안 바닥, 주방 그릇, 화장실까지 온 집안을 거의 매일 청소하셨다. 아버지는 돈에 대한 강박이 있으셨다. 미래를 위해 돈을 아끼자는 생각이 강하셔서 돈 쓰는 것에 무척 민감하셨다.

나에게 질병이 찾아오면서 우리 가족에게도 변화가 찾아왔다. 내가 병원에 있었던 것이 어쩌면 부모님의 재결합 기회가 될 수도 있었는데 완전한 단절의 길로 가게 되었다. 어머니는 병간호를 하시는 아버지의 태도를 보고 실망을 하셔서 재결합에 회의적이셨으며 이를 안 아버지는 재결합을 포기하시게 되었다.

내가 병원에 있었을 때는 이미 이혼을 하신 상태라 아버지는 외가 식구인 외할머니, 외할아버지를 보는 게 좋지 않으셨을 것이다. 내가 아파서 병원에 오시기는 하지만 오실 때마다 마음이 편치 않았다. 그래서 아버지는 더 이상 외할머니, 외할아버지에게 나의 병간호를 맡기지 말고 간병인을 쓰자고 어머니께 말씀드렸다. 외가의 신세를 지고 싶지 않았던 아버지의 마음이다. 하지만 어머니는 남의 손에 간호를 맡길 수 없다며 완강히 반대하셨고, 퇴원할 때까지 외가 식구들의 간호를 받게 되었다.

아버지는 외가 식구들이 불편하셨는지 술을 드시고 저녁에 교대하러 오시기도 하였다. 어머니는 이런 아버지를 못마땅해하셨다. 자식이 아픈데 남의 손에 절대 맡길 수 없다는 것이 어머니 입장이셨는데 아버지는 단지 외가 식구들이 마주치기 싫어서 그랬던 거 같다. 어머니는 남 손에 자식 간호를 맡기자는 아버지를 매정하게 생각하며 오해하신 거 같다.

어머니는 이때 아버지의 입장을 고려하시지는 않았던 것 같은데 모성애가 넘친 어머니 입장에서는 그렇게 생각할 수도 있을 거 같다.

상황에 따라서 재결합할 수도 있었는데 오히려 두 분이 더 갈라서는 계기가 되었다. 어머니는 아버지께 많은 서운함을 느끼셨는지 친가 고모가 어머니에게 재결합에 대해 물었을 때 단호히 거절하셨다.

아버지는 어머니에게 직접 말씀을 못하고 고모에게 부탁하였는데, 결혼생활 때 틈을 주지 않았던 어머니가 어려워 그랬던 거 같다. 나는 그 당시 상황을 아무 말 없이 지켜보고 있었다. 고모에게 어머니의 뜻을 전해 들은 아버지는 재결합에 대한 마지막 희망을 버리시고 재혼을 결심하셨다.

당시엔 아버지를 이해하지 못하였는데 글을 쓰는 지금 생각해 보면 아버지 입장이 이해된다. 이혼하신 상태에서 외가 식구들을 보는 게 마음이 편치 않으셨을 것이다. 그리고 어머니를 보는 것도 쉽지 않으셨을 것이다. 어머니에게 이런 아버지의 마음을 조금만 알아주셨으면 하는 아쉬움이 있었다. 이때 이후로 아버지와는 완전히 단절되었으며 나와 어머니는 본격적으로 힘든 구간에 진입하게 된다.

18살이라는 어린 나이에 왜 질병이 찾아왔을까? 그것도 병명도
불분명한 병이 왜 찾아왔을까?
아무리 생각해도 이해가 되질 않아 내 인생을 처음부터 다시 살
펴보기로 하였다. 아니 이야기를 거슬러 어머니 아버지 시절로 거슬
러 올라간다. 어린 나이의 질병은 부모를 겨냥한다고 한다. 부모를
알아야 했고 부모를 이해해야만 이 문제가 풀릴 것 같았다. 그러나
이것도 잠시, 어린 내게 하늘은 더욱 강한 시련을 주게 되는데…. 어
머니와 나에게 많은 일이 예정되어 있었다.

내 인생에 강한 영향을 끼친 한 사람, 바로 어머니.
이 이야기는 어머니로부터 시작된다.

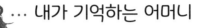 ## ··· 내가 기억하는 어머니

 병원은 흰색이다. 의사와 간호사는 흰 가운을 입고, 흰색의 침대와 침대보, 그리고 흰색의 의료기기들, 더불어 약까지도 흰색이 대부분이다.

 가끔 병원과 우리집이 오버랩되기도 한다. 어머니께서 워낙 깔끔한 성격이어서 집에 있는 가구, 이불 모두 하얀색이었다. 속옷도 삶아서 입었다. 청소를 매일매일 하셔서 집안이 반짝반짝하였다. 정리정돈과 청소는 매일매일 하셨다. 몸이 아프지 않으면 하루도 빼놓지 않고 청소를 하셨다.

 내 기억 속에 어머니 모습을 떠올려보니, 어머니의 모습은 마치 소설책에 나오는 주인공처럼 우아함을 간직한 분이었고, 어린 나이의 나에게 있어서 어머니는 마치 천사와 같았다. 물론 자라면서 어머니의 엄격함 때문에 악마처럼 보이기도 했지만, 우리 인간 속에는 천사와 악마의 모습이 모두 들어가 있다는 것을 자라면서 알게 되었다.

어머니께서 가장 좋아하셨던 시간은 아침 오전 시간이었다. 주부로서 일을 마치고 낮잠을 잠시 주무셨다. 그리고 오전 청소를 말끔히 마치고 커피를 만들어 드셨다. 클래식 음악을 집안에 은은하게 틀어 놓으시고, 어머니는 창가에 앉아 커피와 토스트 빵을 드셨다. 그리곤 조용히 사색하듯 아무 말씀 안 하시고 창밖을 바라보셨다. 은은한 음악을 들으며 이런저런 사색을 즐기는 어머니 모습이 가장 편안해 보이셨고 행복해 보이는 모습이었으며, 가장 아름다운 어머니의 모습이기도 하다. 그렇지만 동시에 가장 외로워 보이는 모습이기도 하다.

내가 어릴 때만 해도 아버지와 사이는 좋지 않으셨지만 웃음은 많으셨다. 치아가 정갈하셔서 미소가 참 예쁜 어머니였다. 웃을 때 여성스럽게 웃지 않으시고 큰소리로 호탕하게 웃으셨다. 가지런한 이를 환하게 보이시며 크게 웃으셨다. 그 모습이 참 보기 좋았으며 꼭 다시 한번 보고 싶은 어머니의 살아생전 모습이다. 웃는 모습이 가장 아름다우셨던 나의 어머니시다.

아버지와 어머니의 첫 만남

나의 아버지도 어머니의 이러한 모습에 반했다고 했다. 잠깐 어머니와 아버지의 첫 만남을 이야기해보면, 아버지는 인주에 있는 중학교에서 첫 발령을 받아 근무하셨고, 방학을 맞아 친구분과 홍성에 있는 탁구장에 가셨다. 같이 간 친구와 재밌게 탁구를 치다가 어머니를 보게 되었다.

어머니는 대전에서 음대를 졸업하고 홍성에 내려와 피아노 학원을 운영하고 계셨다. 그리고 학창시절 친구와 함께 탁구장에 오셨다. 어머니는 운동을 좋아하지 않았지만 그날 우연히 친구와 함께 탁구장에 가게 되었다.

아버지는 어머니를 본 후 이성적인 호감을 느끼게 되었다. 어머니는 가지런한 치아와 큰 눈을 갖고 계셨으며 남자들이 처음 보면 궁금증을 자아내는 인상이다. 젊었을 적 사진을 보면 차가운 인상인데 웃을 때는 소녀처럼 환하게 웃으셨다. 아버지는 이런 어머니의 모습을 보고 자석이 끌리듯 마음이 끌리게 되었다. 아버지는 평소엔 과묵한 성격을 지니고 있었지만 과감성도 함께 지니고 계셨다. 아버지는 망설이지 않고 어머니에게 다가가 이야기를 하였다.

"되게 예쁘시네요. 저희 두 명이서 왔는데 같이 짝 맞춰서 탁구 치실래요?"

그러자 어머니 일행은 잠깐 생각을 했다. 당시 아버지는 코도 오뚝하고 서구적인 인상에 키는 크진 않았지만 다부진 인상이었다. 약간 마라도나와 실베스타 스탤론 같은 느낌의 외모를 가지셨다. 학교에 근무하실 때 여학생들이 꽤 따랐던 것을 보면 여성들에게 외모적으로 인기가 있으셨던 거 같다. 어머니는 아버지의 외모가 괜찮아 보였고 성격도 진중해 보여 합석을 동의하셨다.

그게 바로 나의 어머니와 아버지의 첫 만남이었다. 이 당시엔 어머니도 아버지도 서로 모르셨을 것이다. 서로가 서로에게 어떤 인연이고 어떤 일이 펼쳐질지를….

남녀 간의 감으로 시작되었던 어머니와 아버지의 인연이다. 어머니는 당시 아버지가 친구에게 관심이 있는가보다라고 생각하고 아무 생각 없이 탁구를 치셨다. 그저 탁구에 집중하고 최선을 다하셨다. 운동신경이 없으셔서 탁구 실력은 거의 엉망이었을 텐데 실수를 해도 어머니는 기죽지 않고 열심히 탁구를 치셨다. 혼성 그룹으로 탁구 시합이 이루어졌고 이때 아버지는 어머니의 최선을 다하는 모습을 보고 더 호감을 느끼셨다.

마냥 차가운 인상이었는데 환한 미소와 함께 탁구에 집중하는 모습이 이뻐 보이셨다. 그리고 탁구를 치는 어머니의 새하얀 손이 아버지 눈에 들어왔다. 아버지 마음이 요동을 쳤다.

그래서 탁구 후에 어머니에게 돌진하셨고 용기있게 만남을 청하셨다. 어머니는 친구에게 호감이 있는 줄 알고 있었고 별 생각이 없으셨는데 아버지의 저돌성에 덜컥 허락하셨고, 첫 만남을 가지게 되었다.

아버지는 저돌성은 있었지만 좀 알뜰한 성격을 갖고 계셨다. 대학도 그 당시 집안 원조를 하나도 받지 않고 졸업을 하였고, ROTC를 하셨다. 안 해 본 아르바이트가 없을 정도로 생활력이 강하셨다. 그 당시 부자가 되겠다는 야망이 있었고, 결혼도 본인 힘으로 해야 했기에 씀씀이에 민감하셨다.

그래서 하루는 데이트 중, 밥 시간이 지나고 헤어지기 직전까지 도통 밥 먹자는 이야기를 안 해서 답답한 어머니는 "배가 너무 고파요. 칼국수나 먹으러 가죠." 하며 칼국수를 먹고 어머니가 계산까지 하셨다고 한다. 어머니는 순수성이 있으셔서 아버지를 나쁘게 보지 않으셨다.

두 분은 길게 만남을 갖지 않으셨다. 아버지는 어머니의 배경을 마음에 들어 하셨고, 어머니는 아버지의 성실함을 좋게 보셨다. 이내 두 분은 결혼에 합의하셨고 양가로 인사를 갔다.

외갓집 쪽에서는 인물도 빠지지 않고 교육공무원 신분인 아버지를 좋게 보셨다. 말수가 적고 진중함이 있으셨던 아버지를 괜찮게 생각하셔서 이내 결혼을 허락하셨다. 아버지 27살, 어머니 25살에 결혼하게 되었고, 일 년 후 내가 태어나게 되었다.

어머니의 하루 일상

다시 어머니 이야기로 돌아와 이야기를 해보면, 어머니는 내가 태어난 아산에서부터 피아노 학원을 혼자 운영하셨다. 아이들을 오후 1시부터 가르치기 시작해서 10시쯤 수업을 마친다. 늦은 저녁 또다시 클래식 음악을 크게 틀어 놓고 집안 곳곳을 청소하셨다. 새벽 2시까지 청소를 한 날도 있었다. 그 당시엔 '참 부지런하다' 생각했었는데 어른이 된 지금 생각해 보니, 어쩌면 어머니도 청소에 대한 강박증 혹은 일에 대한 중독증이 있었던 것 같다.

나를 낳으시고 딱 2주 쉬고, 단 한 번도 일을 쉰 적이 없으셨다. 그 덕에 해외는 가까운 일본에만 나가 보셨고, 생애 동안 자유롭게 살지 못하셨다. 항상 하시던 말씀이 '외국에 갈 기회가 있었더라면 본인의 음악적인 재주가 더 꽃이 피었을 텐데'였다. 그 당시는 인지를 못하였지만 어머니께서 해외 유학을 다녀오셨다면 영향력 있는 피아니스트가 되었을 거라 확신한다. 그만큼 음악을 사랑하셨으며 재능도 있으셨다. 어릴 때부터 피아노에 소질을 보이셨고, 선생님들의 사랑을 독차지하였다고 한다. 말수가 적으시고 예의가 바르셔서 아마 선생님들이 좋아하셨을 것이다.

어머니는 가족에 대한 책임감도 남달랐다. 일을 하시는 데도 끼니때마다 모두 정성껏 밥상을 차려주셨다. 본인께서는 밥을 좋아하지 않아서 한두 숟가락만 드시는 데도 나와 아버지를 위해 삼시 세

끼 영양가 있게 차려주셨다. 그 덕에 어릴 때부터 먹는 건 참 잘 먹고 컸다. 외식도 거의 하지 않고 손수 어머니께서 음식을 해주셨다 (물론 아버지의 돈에 대한 집착으로 외식을 안 하기도 하였다).

아침에 일어나서 내 도시락 준비, 아버지 도시락 준비와 더불어 아침상을 내놓으셨다. 단 한 번도 늦잠을 주무시지 않고 칼같이 일어나 아침 일을 하셨다. 식사를 마치면 아버지 옷을 정말 칼같이 다려 놓으셨고, 코디도 직접 해주셔서 아버지는 직장에서 멋쟁이로 통하였다. 내 옷도 항상 백화점에서 사서 직접 코디도 해주었다. 어디서 얻어 온 옷은 단 한 번도 입어 본 적이 없다. 내가 외동아들이라 더 그랬던 것 같다.

아버지가 출근하고 내가 학교에 가면 어머니는 잠깐 2시간 정도 잠을 주무시고 아침 시간을 보냈다. 직접 원두를 갈아 커피를 내리고 커피와 빵으로 식사를 하셨다. 홀로 있는 이 시간을 가장 좋아하셨던 것 같다.

오전엔 피아노를 연습하셨다. 하루도 거르지 않고 연습을 하셨고, 연습하실 때 즐거워 보이셨다. 연습이 끝나고 아이들 교습을 하였다 (돌아가시기 직전까지 아이들 교습은 놓지 않으셨다).

정말이지 집안 살림과 바깥일 모두 완벽하셨다. 결혼 전에도 본인께서 교습을 통해 모은 돈으로 집을 장만하셨고, 당시 외가가 부유했음에도 본인 힘으로 결혼을 하였다. 당시 남자가 집을 해오는 사회적 분위기가 있었음에도 어머니는 맏딸로서 집안의 원조를 받지 않으셨다. 본인이 모은 돈으로 집을 장만하여 결혼하였다.

어머니는 평일에는 신명 나게 일을 하셨다. 따로 보조 강사를 두지 않고 50명 정도 되는 원생들을 일일이 지도하셨다. 한 명 한 명 1대1로 레슨을 봐주면서 이리저리 뛰어다니셨다. 그리고 저녁에는 피아노 입시생 레슨도 하고, 때때로 주말에도 피아노전공 희망 학생들을 일대일로 지도하셨다.

주말에 시간이 나면 서울로 쇼핑을 다니며 스트레스를 푸셨다. 그 당시 버버리, 샤넬, 루이비통 등의 명품도 좋아하셨기에 서울에 있는 백화점에 가서 구입도 하셨다. 쇼핑을 하실 땐 어찌 그리 힘이 넘치는지 지치지 않는 야생마를 보는 거 같았다. 백화점에서 쇼핑을 마치고 백화점의 정갈한 음식을 드시는 걸 아주 좋아하셨다.

명품에 대한 갈망은 어느 정도 충족이 되고 난 후는 구입을 안하셨다. 즉 물질에 대한 욕망이 그리 크지 않으셨으며 음악이나 정신적 갈망이 더 컸던 것 같다. 특히나 가족에 대한 사랑에 목이 마르셨다.

어릴 때 박물관이나 서울 구경 등을 어머니와 함께하였다. 어쩌면 현재 내가 서울에 있는 것도 미리 어머니께서 무의식적으로 터를 미리 밟아 놓으셨나 하는 생각이 들기도 한다.

어머니의 교육방식

어릴 때 나에 대한 교육은 엄하며 확실하셨다. 7살까지 잘못을 하면 호되게 혼이 나고 매를 맞았다. 8살이 되자 더 이상 매를 들지 않으셨다. 그리고 인상 깊었던 것은 돈에 대한 교육을 확실하게 받았다. 현재 가진 돈에 대한 관념은 어머니의 교육이 크다. 어릴 때 무심코 또래 친구한테 돈을 빌렸다고 하면 바로 갖다 주라고 얘기해 주셨다. 돈에 대한 신뢰는 어머니께 제대로 배웠다.

그리고 나와의 약속은 어김없이 지켜주었다. 지나가는 말로 약속하는 법이 없었고, 약속한 것은 절대 잊지 않았다. 또한 원하는 게 있으면 떼를 쓰지 말고 분명히 이야기하라고 교육을 시켜주셨다. 만약 떼를 쓰게 되면 가차 없으셨다. 내가 길 한가운데에서 장난감이 사고 싶다고 떼를 쓰면 아마 뒤도 돌아보지 않고 집에 가실 분이다. 공공 예절에 관한 것도 칼같이 배웠다. 쓰레기가 생기면 본인 핸드백에 보관했다가 꼭 휴지통에 버렸다. 길에 쓰레기를 버리시는 걸 단 한 번도 본 적이 없다.

어른들께 예의를 갖추지 않는 날은 엄하게 혼이 났다. 부모님 모임이나 어른들 있는 자리에 가면 항상 큰소리 내지 말고 얌전히 있으라고 주의를 주셨다. 아무 문제를 일으키지 않으면 꼭 칭찬을 해 주셨고, 소란을 피운 날이면 집에 가서 혼이 났다. 내 자식이라고 곱게 키우지 않으셨으며 훈육이 확실하였다. 외동아들에 마마보이적 성향이 강해서 어머니는 내 유년기 교육에 더욱 힘을 써 주셨다.

현재 나는 의식주에서 보다 나은 걸 추구하는 습성이 있는데 어머니의 영향이 컸다. 어릴 때부터 백화점에 데려가 좋은 옷을 사 주셨으며 본인의 능력 안에서 나에게 최고로 좋은 것만 해 주셨다. 현재 나의 마인드의 8할 정도는 어머니 영향을 많이 받은 거 같다.

　최선을 다하셨던 어머니였지만 아버지와의 관계는 최악이었다. 아버지와 어머니는 살아온 환경도 전혀 다르고 참 많이도 다투셨다. 어머니께서는 아버지에게 틈을 주지 않으셨다. 한 번 어긋나면 아버지와 소통하려 하지 않으셨다. 아버지는 사회 활동은 잘하셨지만 집에서는 말수가 적고 술을 참 많이 드셨다. 아마 답답함을 술로 달래셨을 것이다. 술을 드시면 한이 나왔다. 어렸던 나도 느낄 정도였다. 어머니는 술을 이렇게 드신 아버지를 미워하였다. 어머니께서는 술 드시는 아버지를 이해하지 못하셨다. 그 영향은 두 분의 성장배경의 차이도 있었다.

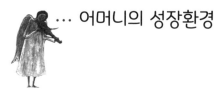 ··· 어머니의 성장환경

어머니는 1961년 서산에서 넷째 중 맏이로 태어나셨다. 당시 외할아버지는 직업이 없으셨고 경찰 시험준비를 하셔서 외할머니가 결혼 생활 초반에 생계를 책임지셨다. 그러던 중 외할아버지가 시험에 합격하여 경찰이 되셨고, 부산으로 잠시 이동을 하기도 하였다.

외할아버지 직업이 생겼음에도 외할머니는 일을 멈추지 않았다. 인형 눈 넣기 등등 여러 소일거리를 나의 어머니와 같이 하셨다. 나의 어머니는 한참 놀고 싶은 나이부터 집안일을 돕기 시작하였다. 그러던 중 외할머니는 소일거리가 돈이 되질 않자 다른 아이디어를 생각하셨다. 바로 부동산 일이셨다. 당시 외할머니 동생이 건축업에 종사하고 있어서 바로 부동산 일을 시작하였다. 그래서 집안 살림은 나의 어머니가 떠맡게 되었다.

외할아버지는 성격이 매우 엄하신 분이셨다. 경찰 공무원 합격

후, 교통계서 근무하셨으며 나중에 파출소장을 지내셨다. 당시 분위기에 비춰 볼 때 홍성이라는 작은 지역이었지만 그 지역에서는 힘이 있으셨다. 그리고 주위 사람들과의 관계가 좋으셨으며 처세에도 능하셨다. 그리고 장구를 치며 노래를 부르실 정도로 흥이 많으셨다. 어머니의 음악적 재능은 외할아버지로부터 이어받았다.

외할아버지께서는 술을 입에 대지 않으셨으며, 집안에서는 가장 대접을 제대로 받으셨다. 입맛이 까다로우셔서 매끼마다 외할머니께서 밥, 국, 고기를 만드셨다. 국은 매일매일 바꿔 끓이고 밥도 새로 지으셨다. 당시 사회 분위기도 있었지만 외할머니께서는 군소리 한 번 안 하시고 외할아버지를 챙겨 주셨다.

외할머니께서는 남편에게 극진한 분이셨는데 바깥에서는 호랑이 같은 분이셨다. 부동산업으로 꽤 돈을 버셨는데 인부들을 상대로 전혀 기죽지 않으시고 현장에서도 일을 하셨다. 직접 인부들을 지휘하시며 집을 지어 판매하셨다. 위세가 대단한 분이셨다. 웬만한 남자보다 기가 강하셨다.

다만 부부 사이 소통이 잘 안되셨는지 외할아버지께서는 밖에서 생활하셨다. 여자를 좋아하셨던 외할아버지께서는 딴살림을 차리고 자주 놀러 다니셨다. 단 월급은 집에 꼬박꼬박 갖다 주셨다. 가죽 잠바에 오토바이를 타고 다니시며 멋쟁이로 불리셨다. 다만 외할머니께서는 외할아버지께 받은 상처를 우리 어머니께 푸셨던 것 같다.

하지만 어머니는 다 받아 주셨다. 본인의 부모님이기 때문에 싫은 내색 한번 안 하고 다 감내하였다. 그 와중에 외할머니를 도와 집안 살림도 도맡아 하셨다. 또한 동생들에게 스트레스를 풀지도 않으셨고 혼자 마음을 삭이셨다. 밤새 피아노 연주를 통해 외로움을 달랬던 어머니셨다. 부모님도 계시고 형제도 3명이나 있었지만 참 외로우셨던 나의 어머니시다.

기억 속에 어머니는 외로운 분으로 각인되어 있는 듯하다. 외로움이라는 것이 주변에 사람이 많아도 소통할 한 사람이 없다면 외로움을 느끼는 것인데, 어머니는 주변에 소통할 그 누군가가 없었던 듯하다.

혼자 감내하며 싫은 내색 안 하고 버틴 어머니시다. 누구에게도 본인의 고통을 말하지 못하고 속에 담아 두셨다. 이때 속에 있던 이야기를 풀어내고, 너무 틀에 박힌 생활을 하지 않으시고, 본인 뜻대로 인생을 개척해 나갔다면 아마도 질병을 겪지 않으셨을 거라 생각한다.

아버지의 성장환경…

　아버지는 6남매 중 5번째로 태어나셨다. 친가 집안이 당시 농업에 종사하셨고 경제적으로 넉넉하지 못한 상태였다. 경제 상태가 좋지 못한데 식구가 많다 보니 친할머니는 고모들을 식모살이로 보내셨다. 그래서 고모들은 초등학교까지 다니셨고 남의 집으로 일을 다니게 되셨다.

　남자들은 집안의 농업 일을 하루종일 하는 상황이었다. 아버지는 일을 하던 어느 날, 이 상황을 바꾸어 보고 싶으셔서 공부를 하기 시작하였다. 형제들 모두 공부를 할 상황도 아니고 관심도 크게 없었는데 아버지 혼자 공부를 하기 시작하고 성과를 내니 자연히 농업 일에서 면제가 되었다.

　공부 자체를 즐거워하셨고 특히 수학을 좋아하셨다. 공부에 탄력이 붙던 중학교 2학년 때, 지병으로 친할아버지가 돌아가셔서 아버지의 집안 사정이 더욱 기울기 시작하였다. 그래도 아버지는 굴하지 않고 공부에 박차를 가하기 시작하였다. 중학교에 진학하셨고 고등학교까지 다니게 되셨다. 집안 형편이 어려우셔서 도시락을 안 가져가는 날이 많았다. 그래서 수돗물로 배를 채우고 학교 야간자율학습까지 마치셨다. 비가 오나 눈이 오나 아버지는 학교에 가서 공부를 이어 나가셨다. 아버지에게는 공부만이 살 길이었다.

아버지 모교인 홍성고등학교가 집에서 거리가 꽤 되었는데 눈이 오나 비가 오나 자전거 한 대에 의지하여 학교를 다니셨다. 그렇게 학력고사를 보았고 당시 연대, 고대에 진학할 성적이 나왔는데, 집안 사정상 공립인 공주대학교 사범대 수학교육과에 합격하여 가게 되었다.

대학교 등록금과 생활비를 해결하기 위해 아버지는 학기 중에 많은 아르바이트를 하셨다. 학기 중에 대중목욕탕에서 세신사까지 할 정도로 안 해 본 아르바이트가 없으셨다. 방학 때 공주엔 일거리가 마땅치 않아 서울에 올라와 고시원을 잡고 이런저런 아르바이트를 하며 학비와 생활비를 마련하셨다. 그리고 ROTC도 하고, 군대 전역 후 첫 발령을 받게 되셨다.

아버지는 평소에는 과묵하고 말수가 적었지만 용기가 있으신 분이셨다. 교사 재직 시절 전교생 앞에서 노래와 춤을 빼지 않으시고 한 번에 해내셨다. 노래도 잘하지 못하신다. 노래방에서 68점을 받으신 걸 아직도 기억하는데 68점은 받기 쉽지 않고 그 정도면 정말 노래를 못하시는 것이다. 그런데도 아버지는 굴하지 않고 2절까지 노래를 부르셨다. 당시 1,500명 전교생 앞에서도 실룩실룩 엉덩이춤을 추던 아버지이다. 기회가 주어진다면 남자답게 나가셔서 분위기를 띄우셨다. 누가 시키면 아버지는 후진이 없었다. 후진은 운전할 때만 하셨다. 고등학교 선생님이 아닌 다른 직업을 가지셨다면 어땠을까 라는 생각이 든다.

좀 더 틀에 매여 있지 않은 자유로운 일을 하셨으면 어떠셨을까? 아버지는 본인만의 틀이 강한 분이셨기 때문에 직업은 오히려 자유로운 일을 하였으면 어떠셨을까? 오히려 타고난 개성과 틀이 강하셨기에 자유로운 일을 하셨으면 아버지 개성과 접목이 되어 아버지 본인에게는 오히려 이득이 되지 않았을까 생각을 해본다.

아버지는 사회생활도 잘하셨다. 운동도 잘하고 동료 교사들, 그리고 학생들과의 관계도 좋으셨다. 학생들을 잘 리드하셔서 제자들이 많이 따랐다. 특히 여학생들이 아버지를 참 좋아했다. 아버지는 서구적인 마스크에 나오는 다른 이목구비를 가지고 있었으며, 외모 덕에 여학생들이 더 많이 따랐던 것 같다. 아빠를 따라 학교를 놀러가면 여학생들이 아버지를 좋아한다는 것을 느낄 수 있었다.

나도 그 당시엔 한 귀여움을 담당하여 여학생 누나들이 이뻐해주었다. 가끔 그때가 그립기도 하다. 아마 내가 딸로 태어났으면 아버지를 더 닮았을 것이며 아버지는 나를 더욱 이뻐하지 않았을까?

가족인 어머니에게는 무뚝뚝했지만 사회생활에서는 여자에게 친절한 아버지였다. 나의 경우 아버지보다 살가운 성격을 갖고 있어서 가족에게는 무뚝뚝한 편은 아니다.

아버지는 친할아버지를 일찍 여의셔서 아버지의 사랑을 거의 받지 못하셨다. 그리고 형제가 6명이나 있었기 때문에 많은 관심과 사랑을 받지 못했을 것이다. 더군다나 20살 이후 모든 걸 혼자 감내하였기에 누군가에게 사랑을 베푸는 일이 낯선 일이었을 것이다.

부모의 사랑에 대한 결핍이 있어서 자기 가족에게 사랑 주는 방법을 몰랐다. 거기에 돈에 대한 집착이 강하였다. 술을 아무리 많이 마셔도 택시비를 아끼기 위해 집까지는 걸어오셨다. 연애하실 때에도 밥을 먹자고 하질 않으셔서 어머니께서 곤혹을 치르기도 하셨다고 한다.

결혼생활 내내 돈에 대한 관념이 다르셔서 많이 다투었다. 결국 돈 관리는 따로 하셨고, 땅을 산다거나 큰돈을 쓸 일이 있을 때만 같이 자금을 운용하셨다.

아버지의 결핍은 돈이었다. 돈이 있어야 행복할 수 있다고 생각하고 돈을 버는 데 온 신경을 썼던 것 같다. 또한 돈이 있어야 어머니 앞에 당당할 수 있다고 느꼈던 듯하다. 돈에서 오는 결핍이 아버지를 밖으로 돌게 했고 그럴수록 어머니는 더 외로움을 느끼는 시간이 많았던 것 같다.

아버지의 돈에 대한 결핍은 어린 시절 성장환경에서 왔을 것이다. 고모분들이 다른 집 가정부로 갈 정도로 경제적인 환경이 좋지 않앉고, 아버지도 학창 시절 수돗물로 배를 채우며 공부를 하셨다. 집 안의 원조를 기대할 수 있는 상황이 아니라서 대학교 때도 세신사, 막노동 등 다양한 아르바이트를 하셨다. 방학 때는 서울까지 올라 와서 아르바이트를 통해 학비를 마련하였다. 그리고 교사 발령 후 얼마 되지 않아 결혼하였는데 집에 도움을 거의 못 받았다. 위에서 이야기했던 경험들이 축적되어 아버지가 물질에 대한 결핍을 느끼 셨고, 돈을 벌어야겠다는 추진력이 되지 않았나 한다.

··· 아버지와 어머니의 결혼생활

아버지의 술

아버지가 어머니를 가장 괴롭게 했던 것은 '술'이었다. 어머니는 외할아버지께서 전혀 술을 하지 않으셔서 아버지 같은 분은 전혀 이해하지 못했다. 아버지는 술에 관해서는 절제가 되지 않았던 분이셨다. 주는 술 있는 대로 다 드셨으며, 술에 취하면 그렇게 많이 울고 토를 하셨다. 어머니 말씀에 의하면, 결혼한 지 얼마 안 되고 아버지가 잔뜩 술에 취해 들어오셔서 이불과 바닥에 다 토를 하셨다고 하는데 청결을 중시하는 어머니는 큰 충격을 받으셨을 거라 생각이 된다.

아버지는 우실 때 그냥 우는 것이 아니라 복받치게 우셨으며 어릴 때도 아버지의 '한'이 느껴졌다. 아버지는 평소에 말수가 적고 무뚝뚝한 분이셨다. 다만 술을 드시면 표현을 하기 시작하였다. 본인의 속마음을 술을 드시고 푸셨던 것이다. 그만큼 술 없이는 용기를 내기가 힘들었던 것 같다. 그 세대 우리 아버지들이 그러하듯 아버지들은 감정표현에 서툴다. 술이 아니면 감정을 표현할 수 없어서 그런 것이었다고 지금은 이해하려 한다.

나의 아버지는 말수도 적고 평소 본인의 감정표현을 잘 이야기하지 못하셨다. 더군다나 어머니 성격이 어떤 주어진 틀을 벗어나는 걸 싫어하셔서 아버지는 어머니와 겉돌았다. 평소 어머니와 소통이 되지 않다 보니 집에 들어가기 싫어지며 밖에서 술로 마음을 달래셨던 거 같다.

맨정신으로 집에 들어오기가 힘드셨을 것이다. 원래 감정적인 표현을 말로 잘하지 못하는 성격인데다가 어머니 또한 살가운 스타일이 아니어서 아버지는 말을 먼저 꺼내기가 쉽지 않으셨을 것이다. 그래서 술을 드시고 나서야 어머니에게 속 이야기를 하기도 하셨다. 그마저도 본인의 속 이야기를 다 털어 내지는 못하셨을 것이다. 항상 본인의 감정을 다 털어내지 못하고 쌓아 두었던 아버지이시다.

더군다나 아버지는 내가 태어나기 전부터 어머니께 폭력을 휘둘렀다. 초등학교 들어갈 때쯤 멈추셨다. 유년기 때 가장 충격이 컸었던 것은 6살 때 일이었다. 외할머니께서 내게 장난감을 사주셨는데 아버지께서는 그게 못마땅했던 거 같다. 표정이 좋지 않으셨다. 집에 오자마자 술을 드시더니 집을 때려 부수기 시작했다. 거실 가구를 다 때려 부쉈다. 충격이었다. 어머니나 다른 식구들이 나에게 물질적으로 잘해주셨는데 아버지는 그런 걸 싫어하셨다. 대체 어떤 것이 아버지 눈에 거슬렸을까? 아마도 외가에서는 아버지를 가난하다고, 혹은 짠돌이라고 무시하는 뉘앙스를 많이 보였을테고 그것이 누적되어 터지지 않았나 한다.

아버지는 결혼 전까지 갈비를 단 한 번도 드셔 보지 못하셨을 정도로 어머니와 물질적 환경이 많이 달랐다. 외갓집에서 직접적으로 아버지를 무시하지는 않으셨겠지만 아버지는 항상 감정이 누적되어 있었던 거 같다. 그날도 외갓집에서 본인 앞에서 나에게 장난감을 사주는 것이 뭔가 자존심이 크게 상하신 거 같다. 외가와의 경제적 격차에서 아버지는 피해의식을 갖고 계셨으며, 그것이 누적되어 그날 폭발한 거 같다. 레고 장난감을 사고 난 후의 아버지 표정을 나는 어렴풋이 기억하고 있다.

외가 식구들과 헤어진 후 아버지는 집에 오자마자 집에 있는 술을 드셨다. 벌컥벌컥 빠르게 술잔을 비워 내시더니 마치 신이 실린 듯이 집을 때려 부쉈고 어머니는 나를 보호하셨다. 방문을 걸어 잠그고 내 방으로 갔는데 내 방문까지 가구로 부수려고 하셨고, 눈에 보이는 대로 집어 들었다.

아직도 기억이 난다. 나에게 힘이 있었다면 아버지를 가만두지 않았을 것 같다. 지금의 나였다면. 어머니를 보호해 드렸을 거다. 그때의 나는 너무나도 무서웠다. 벌벌 떨면서 어머니 품에 있었다. 어머니께서는 소리를 지르셨다. 너무나도 충격적이었고 너무나도 끔찍했던 그날의 기억이었다. 이후 새벽 내내 한참을 술주정을 부리다가 멈추셨다. 참으로 길고 긴 밤이었다. 그 당시는 무섭다는 생각밖에 안 들었으며 지금 생각하니 어머니가 너무나도 안쓰럽다. 나를 밤새 보호해 주셨다.

상황이 어느 정도 종료되고 어머니께서 간장계란밥을 해주셨다. 따뜻한 밥 위에 마가린과 간장을 넣고 그 위에 계란을 얹은 밥이었는데 밤새 쫄쫄 굶고 있다가 먹어서 그런지 그 맛은 아직도 잊혀지지 않는다.

이튿날 외할아버지, 외할머니가 오셨다. 집은 아수라장이 되어 있었다. 다만 외할아버지와 외할머니는 아버지를 그리 야단치지 않으셨다. 기억이 명확하진 않지만 아버지를 그렇게 크게 나무라진 않으셨다. 집은 처참한 꼴이었는데 두 분은 큰소리 한 번 내지 않으셨다. 어머니, 아버지가 알아서 화해하고 처리할 것이라고 생각하신 것 같다. 나중에 두 분께 물어보니 그때 아무 이야기 안 했던 것이 후회된다고 하셨다.

이 일이 있고 난 후, 아버지는 어머니께 미안했는지 어머니께 잘하기 시작하였다. 지금도 기억나는 장면은 어머니께서 설거지를 하고 계셨고, 나는 레고 장난감을 가지고 놀고 있었다. 아버지께서는 민망했는지 나에게 와서 같이 레고를 갖고 놀자고 하셨다. 어린 내 눈에도 어머니를 위해 그러시는구나 느꼈다. 아마도 내 유년기 시절 있었던 일들이 어머니께는 두고두고 상처로 남으셨을 것이다.

두 분이 어떻게 화해했는지는 모른다. 어느 정도 시간이 흐른 후 잘 지냈던 시기도 있었기에 화해했구나 정도로 생각하고 있었는데, 어느 날부터인가 두 분이 각방을 쓰기 시작했다. 아마 중학교 1학년 때로 기억한다. 이때부터 우리 3명의 식구는 밥을 먹을 때 아무 이야기도 하지 않고 밥을 먹었다. 아버지는 아무 말 없이 빠르게 식사를 하시고 어머니는 드는 듯 마는 듯 몇 숟가락을 뜨시고 나는 냉랭한 기운이 감도는 가운데 두 분의 눈치를 보며 식사를 했다.

어머니가 음식을 다하고 나면, 나는 아버지께 가서 식사하시라고 말씀드렸다. 가운데 자리에 앉고 양옆에 부모님 두 분이 앉으셨다. 밥을 먹기 시작하고 우리는 단 한 마디도 이야기를 나누지 않았다. 내가 초등학교 때만 해도 대화가 있었는데 점점 말수가 없어져 갔다.

가운데 자리에서 부모님의 눈치를 보았고 숨소리와 음식 먹는 소리 외에 일절 다른 소리를 내질 않았다. 아마 내가 대화를 하려 해도 어렸기에 나에게는 발언권이 주어지지 않았을 것이다. 그저 상황을 지켜볼 수밖에 없었고 두 분의 눈치를 보았다. 특히 어머니의 감정 상태에 민감하게 반응하며 눈치를 보았다. 결국 두 분은 중학교 3학년 때 이혼을 하셨다. 고1 말에 아버지께서 집을 나가셨는데 그 기간 동안 우리 가족의 식사는 늘 침묵이었다. 소통은 전혀 없었다.

어느 순간 어머니는 아버지와 전혀 소통을 하지 않으셨다. 틈을 전혀 주지 않으셨고, 아버지께서는 나름의 노력을 하셨지만 소용이 없었다. 그저 어머니께서는 시간이 지나면 이 사람이 정신을 차리겠지라고 생각을 하시고 소통을 안 하시고 담아 두셨다. 마주앉아 이야기를 하기엔 너무나도 많은 일들이 있었고, 회복되기엔 두 분의 상처가 너무 컸다.

어머니와 관계가 틀어진 아버지를 볼 때면 항상 마음이 아팠다. 아버지는 이 당시에도 답답함을 술로 푸셨다. 어머니는 그런 아버지를 더욱 싫어하셨다. 일말의 소통도 없이 두 분의 사이는 평행선이 되었다.

그럼에도 어머니는 살림살이는 똑부러지게 하시며 피아노 학원도 운영하셨다. 그저 아버지가 알아서 정신을 차리길 바라셨다고 하였다. 다만 그 당시 내 눈에는 아버지가 너무나도 안쓰러워 보였다. 항상 어머니께 화해를 손길을 내미셨지만 어머니는 외면하셨다.

어머니 생일이라고 꽃도 사 오시고 선물도 주시고 하였지만 반응은 냉담하였다. 다만 내가 있었기에 결혼생활은 유지되었다. 아버지께서는 나름의 노력은 하셨지만 술버릇을 고치지는 못하였다.

내가 중학생이라 폭력적인 것은 없으셨지만 술을 참 많이도 드셨다. 그 당시 주말 부부도 하셨고 집에 2층을 지어 따로 생활을 했는데도 아버지께서 술을 마시는 것은 여전히 계속되었다. 어머니는 아버지와 대화를 하기보다는 표면적으로만 남편으로 대하였다. 어머니는 아버지가 미우셔서 말 한마디도 안 하셨지만, 그전처럼 빨래도 해주시고 밥도 해주시고 집안 살림을 챙기셨다.

그 당시 어머니는 그것이 가정을 위해 당연히 할 일이라고 생각한 것 같았고, 어머니가 할 수 있는 한 최선을 다하셨다. 다만 너무나도 안타깝다. 최선을 다하신 어머니의 마음은 잘 알지만 우리 가정에 있어서 시급한 건 그게 아니었다. 조금이라도 두 분이 소통을 하셨더라면… 표현을 좀 더 부드럽게 하셨더라면… 서로의 입장을 조금이나마 이해하려는 노력이 있었다면… 하는 아쉬움이 남는다.

부모님의 사이는 나아질 기미가 보이질 않았고 아버지는 한가지 결심을 하셨다. 그 당시 주말 부부를 하셨는데 2년 후 아버지가 나의 학업과 어머니와의 사이를 되돌리기 위해 천안으로 직장을 옮기셨다. 내가 중학교 3학년이라 나의 학업도 관리하려고 하셨다. 나를 맨투맨으로 관리하실 생각이셨다.

어머니는 아버지가 다시 천안으로 오는 걸 반기지 않았다. 그래서 어머니는 집 옥상에 건물을 지어 아버지 거처를 마련해 주셨고, 2층은 아버지가 쓰시고 나와 어머니는 1층에서 생활을 하였다. 아버지는 천안에 있던 농업 고등학교에 배치를 받으셨고, 그곳에서 1년을 보내시고 인문계 학교인 천안 중앙고등학교에 오실 생각을 하셨다. 나도 집에서 가까운 천안 중앙고등학교 진학이 목표였다. 일만 순조롭게 진행되었으면 부자지간이 나란히 같은 학교에 다녔을 것이다.

3월 2일 개학 후, 아버지께서 "1년 동안 공부를 열심히 해보자. 이제 스포츠 뉴스 이외엔 TV도 끊자." 라는 이야기를 듣고 답답한 기분이 들기도 하였다. 다행스럽게도 며칠이 지나고 아버지는 그렇게 타이트하게 나를 관리하진 않으셨다. 그때는 1층과 2층을 오가며 어머니, 아버지와 시간을 보냈다. 셋이 함께 하는 시간은 오직 식사 시간이었고, 그마저도 침묵이었다.

한 번 잘해보고자 마음을 먹고 천안에 오신 아버지인데 어머니가 워낙 틈을 주지 않으셔서 마음이 힘드셨을 거라 생각이 된다. 아버지는 힘든 마음을 술로 푸셨다.

아버지는 어머니가 밉기도 하였지만 자식인 나를 위해 참으셨다. 나에게 온전한 가정을 만들어 주고 싶었고 상처를 주고 싶지 않으셨기에 참으셨다.

어느 날 어머니의 기분을 풀어주고자 밖에서 술을 드시고 친구분들과 집에 오셨다. 아마도 친구분들 본인들이 어머니 기분을 좀 풀어주겠다며 호언장담하여 온 거 같았는데 냉담한 어머니의 반응을 보고 30분도 채 안 되어 줄행랑을 치셨다.

마당에서 내 얼굴을 붙잡고 "너가 잘해야 한다. 열심히 공부해라."라고 얘기하는데 어린 나이에도 그런 소리가 달갑게 들리진 않았다. 뭣도 모르면서 남의 집 와서 더 상황을 악화시킨 게 아닌가 했다. 그렇게 두 분 사이는 진전 없이 팽팽한 긴장감만이 흘렀고, 결국 반년 만에 사건이 터지고 말았다.

2001년 중학교 3학년 여름방학 전이었다. 아버지가 들어오시질 않아 회식이 늦으시나보다 생각하고 잠에 들었다. 그런데 새벽에 전화가 울렸다. 어머니가 전화를 받으시고 급하게 밖에 나가셨다. 느낌이 좋지 않았다. 아침에 일어나 듣고 보니 아버지가 음주 운전을 하셔서 경찰서에 다녀오셨다.

이 일로 항상 다투셨고 결국 어머니는 이혼을 결심하였다. 2층집을 올려 아버지께 기회를 주었는데 결국 음주 운전 사건으로 일이 터지고 말았다. 나는 두 분이 싸우실 때마다 듣고 있었는데 그럴 때마다 가슴이 덜컹 내려앉았다. 두 분이 이혼하는 것은 아닐까? 하는 걱정부터 그 옛날의 트라우마까지 올라와 아버지가 또 폭력을 휘두르면 어떡하지 등등 오만 가지 감정들이 오고 갔다.

유년기 때부터 두 분이 다툴 때면 가슴이 내려앉고 너무나도 두려웠다. 다시는 겪고 싶지 않은 감정이었다. 두 분이 다투실 때의 나의 감정은 심장이 낭떠러지로 떨어지는 기분이었다. 극도로 신경이 예민해지면서 속 안이 팽팽한 긴장감으로 가득 찼다. 어릴 때 경험 때문인지 성인이 되어서도 종종 이런 감정을 느끼기도 하였다.
두 분의 삶이 "나를 위하는 삶이었다."라고 하겠지만 두 분의 삶은 18세 때 어린 나를 질병으로 떨어뜨리는 결과를 낳았다고 생각한다. 물론 거기에 대한 원망은 없다. 부모님 시대는 지금과 같이 정보가 충분하지 않았고 옆에서 조언해 주는 사람조차 없었을 것이다. 나이도 20대 중후반의 어린 나이였고 한 가정을 이루기엔 두 분 다 어린 나이였다.

캐나다로 잠시 보내다

어머니는 이혼을 준비하시며 나를 캐나다로 3주 연수를 보내주었다. 때마침 친구에 의해 캐나다 연수 기회가 왔었고, 아버지께서는 탐탁지 않게 생각하셨지만 어머니께서는 적극적으로 나를 보내려고 하셨다. 나는 두 분이 이혼하실 거라는 것을 알고 있었고, 캐나다를 가기로 결심하였다. 두 분께서 이혼하신다는 것은 나에게 무척이나 가슴 아픈 일이지만 무의식적으로 두 분은 안 맞는다는 것을 알았다. 그리고 무엇보다 어머니께서는 뜻을 굽히지 않으셨다.

아버지는 어머니의 뜻을 돌리려고 많은 노력을 하셨다. 아버지는 그 당시 티를 내진 않았지만 내 걱정을 많이 하였다. 아들인 내게 상처를 주고 싶어 하지 않으셨다. 그리고 어머니와의 관계도 계속 이어 나가고 싶어 하셨다. 가정을 지키려고 어머니께 호소도 하셨다. 하지만 어머니는 냉담하였다. 여태까지 꾹꾹 참아왔던 감정이 폭발하여 어머니는 아버지를 더 이상 받아들일 수 없었다. 한 번 아니다 생각하면 여간해서는 뜻을 돌리기 어려운 어머니이시다.

결국 두 분은 이혼의 결정을 하셨다. 두 분은 가는 날까지 티를 최대한 내지 않으셨고, 나는 분위기를 알면서도 캐나다로 3주 연수를 떠났다. 그 당시 두 분 사이에서 어린 내가 할 수 있는 일은 없었다. 사고라도 치거나 어리광을 부렸어야 했나… 하지만 그 정도 배짱은 당시에 없었다.

캐나다에 출발할 당일이 되었고, 나는 집안일을 뒤로 한 채 비행기에 탑승하였다. 집 생각이 나서 마음이 심란했지만 막상 도착하고 나니 마음이 편해졌다. 아마 어린 마음에 그랬던 거 같다. 잠깐의 도피였는지도 모른다.

그곳에서 아이들과 잘 어울리고 영어 수업도 잘 듣고 관광도 즐겁게 하였다. 캐나다 브론테 대학생이 영어 수업을 맡았는데 나에게 도날드 임(Donald Lim)이라는 이름을 지어주었다. 연수 막바지엔 영어 최우수상을 받아 기분이 좋기도 하였다. 모든 것이 신기한 경험이었고 꼭 다시 오겠다는 다짐을 하고 한국으로 돌아왔다. 3주가 지났고 아버지께서 데리러 오셔서 천안집으로 출발하였다.

아버지는 내 앞에서 티를 내진 않으셨다. 집에 도착하였고 분위기는 예전과 다름없었지만 내가 간 사이 두 분은 이혼 수속을 진행하였다. 아버지는 '설마 진짜 이혼을 하겠어?'란 생각이 있으셨다. 그래서 서류 준비를 하고 살짝 어머니께 건넸는데 어머니께서 그대로 법원에 제출하셨다. 어머니는 한번 마음먹으면 그대로 실행하시는 분이었다.

아버지께서는 아차 싶으셨는지 법원에 다녀오셨다. 다시 서류를 반환할 수 있다고 제발 이혼만은 안된다고 말씀하셨는데 어머니께서는 완고하셨다. 마지막까지 필사적으로 말렸지만 어머니는 뜻을 바꾸지 않았다.

이혼

결국 2001년 여름, 내가 중학교 3학교 때 두 분은 이혼을 하셨다. 이혼을 하시고 다시 어머니, 나, 아버지의 생활이 시작되었다. 이혼만 하셨을 뿐 이후의 생활은 예전과 똑같았다. 밥을 먹을 때는 항상 침묵이었으며 두 분은 말씀을 거의 나누지 않으셨다. 아버지는 어머니와의 재결합을 꿈꾸셨고 어머니는 아버지가 변하기를 기다리셨다. 어머니께서는 나름의 기회를 주셨지만 아버지는 여러 차례 이 기회를 살리지 못하셨다.

그렇게 1년 이상의 시간이 지나고 아버지는 틈을 안 주는 어머니에게 점점 지쳐갔다. 당시 친가 식구들한테 이혼을 한 사실을 숨겼는데 심정적으로 지치신 아버지는 친가 식구들한테 이혼을 한 상태이고 그냥 같이만 살고 있다고 술김에 말하셨다.

고모들이 들고일어난 모양이다. 결국 아버지는 집을 나가기로 결정했으며, 우리 가족이 삼자대면을 하였다. 나, 어머니, 아버지 이렇게 마주 앉았다.

삼자대면을 하기 전, 어머니께서는 나와 같이 살 것이란 뜻을 내게 알려 주셨다. 아버지는 내게 특별한 말씀이 없으셨다.

나는 당시에 어머니의 손길이 필요한 나이였고, 무엇보다 어머니가 혼자가 되는 걸 볼 수가 없었다. 감정적으로 어머니와 사는 것이 더 끌렸다. 아버지와 딱히 사이가 안 좋았던 것은 아니지만 편하게 느껴지지는 않았다. 아버지가 마음에 걸렸지만 나는 어머니와 함께 살기로 마음먹었다. 엄마는 내가 지켜드리겠다고 마음먹었다.

어머니, 나, 아버지. 살아생전 셋이 함께 있었던 마지막 장면이다. 아버지 방에 세 식구가 마주 앉았다. 긴 이야기는 나누지 않았다.

어머니께서 먼저 물으셨다.

"병도야 엄마와 아빠 둘 중 누구랑 살래?"

나는 두 분의 눈을 바라보지 못한 채 바닥을 보며 나지막하게 말했다.

"저는 어머니와 함께 있겠습니다."

아버지는 예상했다는 듯 아무 말씀 없으신 채 조용히 나가셨다.

며칠 뒤에 아버지께서는 이사를 나가셨다.

아버지는 짐도 별도 없으셨지만 가방에 옷가지를 넣어 단출하게 나가셨다.

아버지가 나가신다고 하니 뭔가 실감이 나질 않았다. 이게 현실 인가 하는 생각이 들었다. 하지만 이미 예전부터 예감이 있어서 그런지 담담하게 받아들이기도 하였다. 떠나는 아버지의 뒷모습이 참 쓸쓸해 보였다.

이때 힘들게 모은 재산은 모두 어머니께 넘겨주고 아버지는 빈손 으로 나가셨다. 나중에 아버지가 사는 집을 가보았는데 가구나 세 간살이는 아무것도 없는 방에 옷 가방만 덩그러니 있는 방 한 칸에 서 살고 계시는 것을 보고 가슴이 찢어졌다.

아버지가 나가신 후, 어느 주말에 아버지가 사시는 곳으로 가서 집 정리를 도왔다. 아주 오래된 아파트였으며 방 하나 거실 겸 주방이 있었다. 낡고 싸늘함이 느껴졌던 집이었다. 내가 왔다고 음식을 해주셨는데 이것저것 넣고 찌개를 끓여주셨지만 밥이 잘 넘어가질 않았다.

아버지 살림은 옷가지와 책, 책장이 전부였다. 정리는 금방 하였고 청소를 하였다. 집이 워낙 낡아 정리하고 청소를 해도 별로 티가 나질 않았다. 이후 일주일에 한 번씩 아버지 집에 왔는데 올 때마다 마음이 좋지 않았다. 음식도 혼자 드셔서 부실해 보였고, 아버지 집은 온기가 느껴지지 않았다.

갈 때마다 마음이 편치 않았다. 아버지는 힘든 티를 나에게 내지 않으셨다. 이때 역시 본인의 속 이야기를 나에게 하지 않으셨다. 지금 생각해 보면 상당한 정신적 데미지가 있었을 거라 생각이 되는데 아버지는 나와 있을 때는 티를 내지 않으셨다.

속 이야기를 하지 않는 아버지의 성격도 있겠지만 어린 나를 위해 티를 내지 않으셨다는 생각이 든다. 아버지는 나를 위해 밝은 모습을 보이셨는데 오히려 그것이 나의 마음을 더 아프게 하였다. 16년 넘게 살을 부딪치며 살던 아버지와의 이별….

이혼을 하셨어도 나는 혹시나 하는 희망이 있었다. 하지만 현실은 냉혹했고, 두 분은 각자의 길을 가기로 하였다. 이때가 고1 겨울이었다. 어느 해보다 참 추운 겨울이었다.

··· **이혼 후 어머니와 나의 생활**

아버지께서 나가시고 어머니와 나의 생활이 시작되었다. 어머니께서는 나에게 최선을 다하셨다. 피아노 학원을 혼자 운영하셨기에 낮시간에는 화장실 갈 틈 없이 일하셨다. 그 와중에 내가 저녁 시간에 오면 부리나케 정성껏 밥을 차려주셨다. 참 철없게도 고등학교 때 친구들을 데려가 밥을 많이도 먹었다. 어머니는 정말 싫은 내색한번 없이 남의 자식도 내 자식처럼 살뜰히 챙겨 주셨다. 밥도 잡곡밥에 찌개, 국, 반찬까지 정성이 넘쳤다. 손이 워낙 빠르셔서 음식을 금방금방 만드셨다. 그렇게 아홉 시, 열 시까지 학원을 하시고 저녁에 와서는 새벽 2시까지 집안청소를 하셨다. 클래식 음악을 크게 틀어 놓으시고 마치 신들린 듯, 집안 구석구석을 깨끗이 청소하셨다. 정리정돈은 물론이고 집에서 쓰는 행주도 매일매일 삶아서 사용하였다. 화장실 청소도 매일 하시고 위생 관념이 대단하였다. 그리고 집 밖이 더러우면 어김없이 청소를 하셨고, 집 근처 쓰레기장까지 말끔히 청소하셔서 이웃 주민들이 어머니 칭찬을 많이 하셨다. 참으로 부지런하게 열심히 사셨다. 이 정도의 부지런함과 열정이라면 해외에서 음악을 해도 분명 성공하였을 것이라고 생각한다. 하지만 당시엔 어머니를 잘 몰랐다.

고1 겨울부터 어머니와 단둘이 살기 시작하였고, 나는 2학년에 진입하게 되었다. 과는 아버지의 영향으로 이과로 정하였다. 2학년 초반부터 공부를 하기 시작하였고, 어느 정도 성과를 보이기 시작하였다. 어릴 적부터 항상 공부는 아버지와 하였는데 이때부터 혼자 공부하기 시작하였다. 성적도 조금 오르고 어느 정도 재미를 붙여 가는 무렵이었는데 내 인생 일대에 큰 영향을 끼친 사건이 나를 기다리고 있었다. 그것은 앞에서 이야기했던 나의 질병 이야기이다.

… 복귀와 학벌 집착증 그리고 대학 생활

5개의 공대

질병이 나아지고 학교에 복귀하고 나니, 입시가 크게 달라져 있었다. 500점 만점으로 바뀌었으며 선택과목도 달라져 있었다. 이때 나는 욕심이 컸다. 혼자 계신 어머니를 위해 그리고 아버지를 위해 공부로 성공을 하고 싶었지만 현실은 녹록지 않았다. 나도 공부에 몰입하고 싶었지만 공부를 통해 어머니께 기쁨을 드리고 싶었는데 이상하게 2학년 초반보다 집중력이 현저하게 떨어졌다. 이게 핑계인 건지 내가 공부 머리가 없는건지, 고3 여름방학 때까지 내가 원하는 성적을 얻지 못하였다.

그러던 중 고3 여름에 어머니께서 특단의 조치로 과외 선생님을 붙여주셨다. 나는 이 과외 선생님의 말에 꽂혀 버렸다.

과외 선생님과의 첫 수업이었다. 고려대 공대를 다니고 있었는데 당시 나의 눈엔 너무 멋지게 보였다. 고려대를 다니는 대학생은 고등학생 신분이었던 나에게 선망의 대상이었다.

과외 선생님은 특유의 어투로 이렇게 말했다.

"공대는 말야, 서울대, 연대, 고대, 포항공대, 한양대, 이렇게 5개뿐이다. 나머지는 공대가 아니다."

"무슨 말인지 알지? 자 오늘부터 공대에 들어가는 공부하는 거다."

나는 이 한마디에 꽂혔고 학벌 집착이 시작되었다. 공대에 들어가기 위한….

당시 4개월 정도 수능이 남았었고 중위권 정도 성적이었는데 목표를 고려대학교 공대로 잡았다. 하지만 집착과 열정만 컸을 뿐 성적은 오르지 않았고, 결국 공대에 들어가지 못했다. 재수를 결심하였고 이때부터 나의 재수기가 시작되었다.

원서는 터무니없이 고려대를 썼고 당연히 불합격하였다. 재수를 한다고 하니 오히려 어머니께서 반수를 권유하셨지만 나는 고집을 부렸고 재수 생활이 시작되었다. 이때부터 참 지리한 시간의 연속이었다. 재수 역시 실패를 맛봤고, 나는 꼭 공대에 가고 말겠다는 고집을 피웠던 것이다. 이때 군대를 면제받았다. 고등학교 때 앓았던 뇌병변으로 군대를 면제받은 것이다.

나는 재수가 끝나지도 않았는데 삼수를 결심하였고 재수를 마치고 노량진으로 향했다. 역시 그 5개밖에 없다는 공대에 들어가기 위해서이다. 이때 나이가 21살이었는데 어머니와의 유착이 강해서인지 노량진 생활을 견디질 못했다. 항상 집이 생각나고 어머니 생각이 나 딴 생각을 참 많이 했다. 그리고 책상에 앉으면 어찌 그리 잠이 오는지 참으로 한심한 인생이었다.

이 시기에 나에 대한 원망도 많이 하고 본인을 참 많이도 미워하였다. 그러면서 이것을 이길 방법은 '학벌'뿐이라는 생각에 사로잡혀 22살까지 허송세월을 보냈다. 내가 공대다운 공대에 들어가야만 떳떳할 수 있고, 또 어머니를 기쁘게 해드릴 것이라고 생각했기 때문이다. 학벌만이 사람들에게 인정받고 내 부모님께 떳떳할 수 있는 줄 알고 있었다.

나는 문과 성향이었지만 이과를 끝내 버리지 못한 이유는 연고대에 가기 위한 것이다. 문과 기준으로 연고대를 가려면 상위 2% 이내의 성적을 받아야 하는 것으로 기억한다. 반면 이과 기준으로는 7~8% 이내의 성적으로도 갈 수 있었다. 문과 적성임에도 나는 바꿀 생각을 안 하고 이과를 통해 연고대를 가기로 마음을 먹었다. 그나마 의대, 사범대 등을 제외하면 공대가 상대적으로 점수가 낮아 적성에 맞지도 않는 공대를 고집하였다.

다른 대학 공대는 눈에 들어오지도 않았다. 오직 연고대 공대. 특히나 고려대 공대에 집착하였다. MP3에 고려대학교 응원가를 넣어서 듣고, 연고대에 직접 다녀오기도 하였다. 그때만 해도 연고전을 보면 가슴이 두근거리며 나도 참여하고 싶은 열망이 아주 강했다. 하지만 현실은 녹록지 않았다. 꿈만 크고 엉뚱한 곳에 힘 낭비를 하고 있었던 것이다.

나는 학벌로 어머니를 기쁘게 해드리고 싶었다. 그리고 아버지에게도 좋은 대학에 합격하여 당당한 모습을 보이고 싶었다. 그래서 학벌에 집착하였다. 그 당시는 좋은 대학을 가야만 어머니를 보호해 드릴 수 있을 줄 알았다. 하지만 나의 실력은 한참 미치지 못했고 욕심이었다.

하루하루 자책의 연속이었다. '나는 대체 왜 그럴까?' 공부를 열심히만이라도 하고 싶은데 책상에만 앉으면 가슴이 내려앉고 답답해서 미칠 지경이었다. 앉아있는 것 자체가 너무 괴로웠다.

아침에 일어나면 기분이 최악으로 가라앉아 있었고, 죽고 싶은 생각이 많이 들었다. 그 당시 이유는 알지 못했다. 그럴 때면 항상 나를 원망하였다. '평생 이렇게 사는 건가'라는 불안감도 엄습하였다.

22살 때는 공부는 아예 뒷전이었다. 1년 내내 나를 자책하고, 다시 열심히 해야지 다짐하고, 다시 자책하고, 지겨운 시간이었다. 성적은 말할 것도 없었다. 수능을 보고 나오는데 눈물이 울컥 쏟아져 나왔다.

어머니 얼굴을 차마 볼 수가 없었다. 재수 생활을 또 해야 하는가? 이렇게 내 젊음이 공부로 흘러가는가? 나는 정말 돌머리인가? 아니면 공부가 맞지 않는가? 등등 수많은 걱정에 걱정이 꼬리를 물며 나를 괴롭혔다. 이대로 인생이 쳇바퀴처럼 흘러가는 걸까 하는 두려움이 엄습하였다.

무엇보다 내 자신이 너무나도 싫었다. 남들은 척척 한 번에 잘도 가는 대학인데… 하나뿐인 자식이 대학 때문에 속을 이렇게 썩일 줄은 어머니는 모르셨을 것이다. 내가 생각하는 것 이상으로 속이 타들어 가셨을 텐데… 그리고 이번만은 하는 기대가 있으셨을 텐데… 나는 엉망진창이었다.

그렇게 자책의 하루하루를 보내고 있었는데 신기하게도 4년 만에 대학을 붙었다. 점수가 엉망이었는데 건국대 인터넷 미디어과, 충북대 사범대 물리교육과, 충남대 화공과 3곳에 합격하였다. 도저히 붙을 점수가 아니었는데 신기하게 3개나 붙어버렸다. 물론 위에 말한 그 공대는 아니다. 그때까지도 나는 학벌에 대한 미련이 있어 기쁘지가 않았다. 당시 아버지께서 진로를 잡아주셨는데 충북대 사범대를 추천해 주셔서 충북대에 입학하였다.

재결합의 희망을 품다

충북대를 입학한 23살 때 어머니께서 아버지와 재결합을 위해 말씀을 나누었다고 이야기하셨다. 먼저 어머니께서 연락을 하셨으며 아버지께서 집에 찾아오셨다.

예전에 두 분이 살던 집은 매매를 하였고, 어머니는 2006년에 집을 새로 지으셨다. 어머니께서 인테리어까지 하나하나 꼼꼼히 신경을 쓰셔서 집을 지으셨다. 노출 콘크리트 집이었고, 어머니께서는 완공된 후 참 기뻐하셨다.

아버지는 어머니 연락을 받고 특별한 거부반응 없이 집에 오셨다. 당시 키우던 개가 있었는데 5, 6년 만에 아버지를 봤는데 짖지 않고 아버지를 반겨 주었다.

새로 지은 집에서 아버지와 어머니는 이야기를 시작하셨다. 아버지는 어머니에게 "집을 참 잘 지었다. 고생했겠다."라고 이야기를 하였다.

예전엔 두 분이 날이 선 대화를 많이 했는데 그날만큼은 차분하게 이야기를 나누었다. 세월도 많이 지났으며 서로 간의 이해도 예전보다 높아진 상태였다. 예전 젊었을 시절보다 지금 만났다면 오히려 두 분은 더 나은 결혼생활을 할 수 있으셨을 것이다.

어머니는 아버지에게 이제 집에 다시 들어와서 같이 살았으면 하는 뜻을 전하셨다. 그것은 아들인 나를 위해 어머니가 용기를 내신 것이다. 자존심이 그토록 강하신 어머니가 오로지 나를 위해 아버지에게 먼저 굽히셨다.

아버지는 이야기를 듣고 많은 고민에 빠지셨다. 아버지께서는 이미 재혼하여 가정이 있으셨고, 이혼한 지 꽤 시간이 흘러 어머니와 합칠 명분은 없으셨다. 다만 아버지는 아들인 나를 위해 고민에 빠지셨다.

이혼할 당시 나에게 미안함을 가지고 계셨던 아버지라서 꽤나 고민을 하셨다. 그날 확답은 하지 않으셨다. 아버지는 예전과 다르게 어머니를 인정해 주셨다. 어머니가 가족을 위해 헌신한 점을 아버지는 알아주셨다.

"지나고 생각해 보니 당신 참 잘했다. 나한테나 병도한테나 최선을 다한 걸 알고 있다."

이 이야기를 듣고 어머니의 마음이 조금 풀어지셨을 것이다. 결혼생활 때 어머니를 조금이라도 인정해 주셨으면 좋았을걸….

어머니는 아버지가 집에 다녀가셨다는 이야기를 나에게 하셨는데 나는 그때 놀라웠다. 어머니가 먼저 말씀을 할 줄 몰랐고 약간의 희망도 품게 되었다. 하지만 가능성이 커 보이진 않았다. 어느 정도 결과를 짐작하고 있었다.

그러던 중 큰아버지가 돌아가셨고 아버지에게 연락이 와 나는 홍성에 내려가 장례식장에 갔다. 그 자리에서 새어머니를 처음 뵈었다. 새어머니는 조용하고 점잖아 보이는 인상이었는데, 어머니와는 분위기가 달랐다. 어머니보다 부드러워 보이셨다.

새어머니는 서글서글한 인상을 가지고 계셨으며 나에게 친절하셨다. 가식적인 친절함이 아니었으며 나를 굉장히 반가워하시며 사진도 찍어 주셨다. 성격도 까다롭게 느껴지지 않았고 아버지를 잘 맞춰 주실 거 같다는 느낌을 받았다. 두 분이 헤어지지 않을 것 같다는 느낌이 있었다.

처음 새어머니를 만났을 때 새어머니께 안 좋은 감정이 들진 않았기에 나는 예의를 갖추었다. 그날 아버지께서 술을 많이 드셨는데 아버지께서는 나를 어루만지며 미안하다고 하셨다. 평소 속 이야기를 하지 않았던 아버지였는데 처음 이야기를 들었다. 이날 아버지는 얼핏 눈물도 보이셨다.

아버지는 평소 표현이 없으시다가도 술을 드시면 속 이야기를 하셨다. 그 당시 나에게 진심으로 미안해하시는 걸 느낄 수 있었다. 아마도 온전한 가정생활을 하지 못하셔서 내내 마음에 걸리셨던 것 같다. 이혼하시고 내내 속에 담아 두셨을 거 같다.

아버지는 잘살아 보자는 열정이 있으셨다. 돈을 절약하였던 것도 결국 우리 가족이 나중에 잘 살기 위한 방법이었다. 다만 아버지보다 현재를 중시하였던 어머니와 뜻이 맞지 않으셔서 본인의 뜻을 이루지는 못하였다. 하지만 나도 이제 나이가 찼으며 그런 아버지의 마음을 이해할 수 있다. 이혼 후에도 재결합에 대한 마음을 갖

고 계셨다. 그 마음을 어머니께 전달하지 못했지만 그 진심만은 나
는 알 수 있었다.

나에게 눈물을 글썽이시며 "병도야. 미안하다."라고 하시는 말
씀이 나에게 크게 다가왔다. 이 글을 빌어 아버지께 말씀을 드리
고 싶다.

"아버지께서 최선을 다하셨다는 것을 저는 잘 알고 있습니다. 바
르게 저를 키워 주셔서 정말 감사합니다. 더 이상 미안해하실 필요
없으십니다. 우리 가족에 대해 최선을 다하셨다는 것을 저는 잘 알
고 있습니다."

어머니는 나의 미래를 위해 재결합을 원하셨다. 어머니는 한 번
마음을 닫으면 쉽게 마음을 여는 분이 아니신데 헤어진 지 6년 만
에 나를 위해 다시 재결합을 생각한 것이다. 그토록 미워했던 사람
인데 오직 자식인 나를 위해 생각을 바꾸었다. 당시 나는 거기까지
생각이 미치진 못했으며, 다만 어머니께서 아버지와 함께였으면 하
는 마음은 품고 있었다. 자식 입장에서 어머니가 혼자 계신 것이 내
내 마음에 걸렸다.

어머니는 항상 새어머니에 대해 궁금해하셔서 나에게 이것저것
많이 물어보셨다. 어떻게 만났으며, 생김새는 어떠한지, 어떤 사람인
지 세부적인 것들을 궁금해하셨다. 어머니는 혼자 계신데 아버지는
옆에 짝이 있으셔서 그것에 대한 마음이 좋지 않으셨던 거 같다.

외로우셨던 어머니를 나는 이해한다. 혼자인 것도 힘든데 아버지

는 누구와 살고 있다고 생각하면 속이 아프기도 하면서 억울한 감정도 드셨을 것이다. 그래서 큰아버지 장례식 이후 나는 아버지를 찾아갔다. 부자지간에 술 한잔하면서 예전 이야기 등등 참 많은 이야기를 나누었다. 그리곤 대화가 끝날 즈음 아버지께 슬그머니 재결합에 대해 물었다.

"아버지, 엄마랑 다시 재결합하시는 게 어떻겠습니까?"
아버지는 한 치의 망설임도 없이 "재결합은 어렵다."라고 했다. 다만 나와 예전 이야기를 하다 보니 속이 뻥 뚫리는 것 같다고 말해주셨다. 아마도 결혼생활 내내 감정 표현을 못하셨고 속에 담은 이야기들을 나에게 하고 나니 감정이 풀리셨던 것 같았다.
아버지 성격은 본인의 속마음을 잘 터놓지 못하시고 속에 담아 두는 성격이다. 그건 어머니도 마찬가지였다. 내 부모님 두 분은 누구에게도 쉽사리 속마음을 말하지 못하시고 가슴에 항상 묻어 두셨다.

아버지와 이야기 후 새어머니도 자리에 오셨다. 인사를 나누고 시간이 다 되어 집에 가기 위해 택시를 기다렸다. 새어머니가 용돈도 쥐여주며 나를 바래다주었다. 대화를 마치고 나오는 길에 기분이 바닥으로 가라앉았다. 그래도 나는 혹시나 하는 일말의 희망은 버리지 않았다. 물론 아버지는 안 돌아오신다는 것을 알지만 그럼에도 불구하고 혹시나 하는 마음은 버릴 수가 없었다. 막상 현실로 닥치고 나니 기분이 너무 답답하였다. 아버지는 오랜만에 속 이야기를 하셔서 그런지 홀가분해 보이셨는데 나는 그렇지 않았다.

택시가 도착하였고 새어머니가 내 어머니인 줄 알았는지 택시기사는 "어머니가 미인이시네요. 그리고 세 분 가족이 참 화목해 보이네요."라고 하였다. 나는 형식적으로 대답하고 아무 말 안 하고 집으로 향했다. 가슴이 미어졌다. 혼자 계신 어머니가 생각이 나 가슴이 너무나도 아파왔다.

재결합은 어렵다고 했던 아버지의 말씀을 어머니에게 전해야 하는데… 이 말을 전하면 어머니는 무척이나 실망을 하실 텐데… 이를 어쩌나….

아버지는 힘든 구간을 어느 정도 벗어났고, 새로운 사람을 만나셨지만 나의 어머니는 그렇지 못하였다. 내가 옆에 있었음에도 나는 항상 어머니 생각에 마음이 답답하고 슬펐다. 옆에 있었지만 어머니에게는 채워지지 않는 무언가가 있었다.

아버지와 새어머니 두 분이 함께 계신 걸 보니 마음이 놓이기도 하였다. 새어머니는 밝은 분이셨으며 아버지께 살뜰히 잘하실 것 같았다. 그래서 아버지에 대한 걱정을 덜 수 있었다. 다만 어머니 생각을 하면 가슴이 저려왔다. 아버지는 좋은 짝을 만나셨는데 어머니는 아직 만나질 못하셨다.

그 당시에도 나는 두 분이 헤어졌지만 서로 좋은 인연을 다시 만났으면 하는 마음이 컸다. 아버지는 조심스러우셔서 나에게 새어머니를 만난다는 것을 몇 년간 숨겨왔지만 나는 새어머니를 만난다는 이야기를 듣고 축하의 마음이 들었다.

이제는 아버지가 행복한 인생을 사셨으면 했다. 동시에 어머니도 좋은 인연을 만나 행복한 삶을 사셨으면 하는 바람이 늘 있었다 그렇게 두 분이 좋은 분을 만나게 된다면 나 역시 홀가분하게 내 길을 갈 수 있을 거라 생각했다.

혼자 계신 어머니

대학교 1학년 1학기에 통학을 하였다. 이후 2학기 때 기숙사 생활을 하고, 나머지 3년은 하숙 생활을 하였다. 대학교 1학년 때 통학을 두 달 동안 하다가 기숙사에 들어가게 되었다.

이 타이밍에 어머니도 다른 분을 만나게 되어 연애를 하셨다. 이젠 아버지와의 재결합은 끝났다는 것을 알고 다른 사람을 만나기로 결심하였다. 나도 걱정을 덜고 학교생활을 하게 되었다. 그런데 1년여 후 두 분은 헤어지게 되었다. 어머니는 상심이 크셨고 나도 마음이 무거웠다.

이번엔 내가 아버지를 다시 한번 뵙고 재결합에 대해 말씀드려야겠다고 결심하고 아버지를 찾아갔다. 이번엔 새어머니도 나오셔서 아버지, 새어머니, 나 이렇게 저녁을 먹었다.

술을 어느 정도 먹고 나는 새어머니께 자리를 잠깐 비켜 달라고 말씀드렸다. 그리고 아버지께 "집에 돌아오시면 좋겠습니다."라고 말씀드렸다. 작년엔 아버지도 많이 흔들렸지만 이번엔 달랐다. 이젠 너무 늦었고 새어머니와 살겠다고 하였다. 나는 마음이 아팠지만 이젠 정말 체념을 하였다. 아버지, 새어머니와 이야기를 나누고 집에 돌아왔다.

어머니도 마음이 좋지 않으셨던 거 같다. 내가 청주를 가기 위해 버스를 타러 가는데 버스 타는 곳까지 마중을 나오셨다. 집에 혼자 있기 얼마나 싫었으면 나오셨을까? 버스를 타고 물끄러미 나를 바라보는 어머니를 보고 나니 눈물이 왈칵 쏟아졌다. 가는 내내 홀로 있을 어머니 생각에 눈물이 났고 청주에 도착해서도 영향이 있었다. 다음 날부터 기말고사였는데 마음이 너무나도 무거웠다.

이후에는 평일엔 청주에서 대학생활을 하고, 금요일은 천안에 내려갔다. 천안에서는 친구도 잘 안 만나고 거의 집에만 있었다. 그 당시 나는 어린 혈기로 여기저기 돌아다니고 싶고, 친구들과도 어울리고 싶었지만 혼자 계신 어머니가 생각나 그러질 못했다. 어머니 역시도 내가 집에 있길 바라셨다.

월요일 청주 오는 길에 많이도 울었다. 어머니를 혼자 두고 청주 가는 길이 항상 가슴이 아팠다. 혼자 계신 어머니를 생각하면 가슴이 내려앉았다.

대학교 생활은 학업에 성과를 내지 못하였다. 수업 시간엔 멍하니 앉아있었고, 수업이 끝나면 하숙집 가서 저녁을 먹고, 학교 정독실에 가만히 앉아있었다. 아무것도 안 하고 가만히 있었다. 이후 친구들 연락이 오면 술을 그렇게도 많이 마셨다. 술을 먹으면서도 내일부터는 안 마셔야지 하면서 의미 없는 술을 무지하게 마셨다. 의미 없는 술을 마시고 다음 날 힘들어하고 악순환의 연속이었다. 그리고 그때는 술을 많이 마시면 아버지처럼 토를 많이 하였다(지금은 그런 증상이 거의 없다).

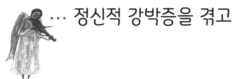

··· 정신적 강박증을 겪고

대학교 졸업 후 천안에 와 있었다. 학교 공부를 잘 못해 졸업을 못하고 수료 상태로 남게 되었다. 어차피 진로도 보이지도 않고, 잘 되었다 싶어서 수료 상태로 고향에 내려왔다.

내려온 지 한 달 남짓한 어느 날, 정말 갑작스럽게도 강박증이 덮쳐 왔다. 강박증의 내용은 대학교 행정실에 전화하여 "현재 수료 상태인데 졸업에 문제가 있나요?" 이 내용이었다. 이미 문제가 수차례 없다고 들었는데 매일 아침에 일어나서 전화하였다. 꼬리에 꼬리를 물면서 전화를 했다. 전화를 안 하면 미쳐 버릴 것 같아서 1년 반 동안 참 전화를 많이 했다.

대학교 상담실 근무가 9시 시작이라 일어나면 먼저 전화부터 하였다. 같은 내용을 수없이 물어보고 또 다른 내용이 생각나면 꼬리에 꼬리를 물었다. 전화를 하고 녹음도 하고 몽땅 메모를 해 놓아도 안심이 되질 않았다. 저녁이 되면 조금 가라앉아 간신히 잠을 잘 수가 있었다. 아침에 일어나면 다시 시작이었다.

여러 부서에 전화를 돌려가며 나를 괴롭혔다. 낮엔 증상이 너무 심해서 아무것도 할 수가 없었다. 하루 종일 전화하고 메모하고 불안해하였다. 누구에게 말도 못하고 끙끙 앓으며 하루하루를 보냈다. 내가 제정신이 아닌 걸 어머니도 눈치를 채셨을 것이다. 다만 내색을 하지 않으셨다. 그 당시 어머니도 우울증 약을 복용하시고 계셨고, 다 큰 나를 신경 쓰기엔 너무나도 짐이 많으셨을 어머니시다.

그러던 어느 날, 내가 왜 그런거지, 내가 미쳤나? 졸업이 안 되면 취직도 안 될 텐데, 그러면 또 어머니에게 실망을 시킬 텐데⋯ 등등 오만가지 생각과 상념이 나를 괴롭혔고, 이런 내 자신이 너무 한심하고 한심하였다. 살면서 내 자신을 좋아해 본 적이 많지 않았는데 이때는 나를 이해할 수가 없었다.

뇌가 어떻게 된 건가⋯ 다른 친구들은 취업도 하고 본인 갈 길을 알아서 가는데 나는 갈 길은커녕 시작조차 힘들었다. 마치 푹푹 찌는 압력밥솥에 갇힌 기분이었다. 숨이 꽉 막히면서 속이 타들어가는 느낌이었다. 아침에 해가 뜨면 기분이 확 가라앉으며 가슴이 두근거렸다. 이젠 학교에 전화하는 것도 지쳐서 하기 싫어 죽겠는데 안 하고 있으면 불안해서 다른 일을 할 수가 없었다.

너무나도 괴로워서 혼자 학교 운동장에 가서 1시간 동안 펑펑 울고 온 날도 있었다. 당시 임용 준비를 한다고 폼을 잡았었는데 도저히 공부를 할 수가 없어서 단기 아르바이트를 다녔다. 그나마 일을 하면 증세가 좀 나아졌다. 그렇게 1년 반이란 시간이 지나고….

어머니의 병 …

서울로 향하는 길

28살 6월 어느 날 늦은 저녁, 어머니께서 갑자기 두통이 심하셔서 천안 단국대 응급실로 향했다. 간단한 CT 검사를 받았고 결과를 기다리고 있었다. 이때만 해도 단순 두통이겠거니 생각하며 걱정하지 않았다. 어머니와 이야기를 나누고 있는데 담당 의사가 나를 불렀다. 사진을 보여주며 이야기를 하는데 뇌에 큰 혹이 보였다. 믿기지 않았다. 보통 크기가 아니었다. 어머니에게 이 사실을 도저히 얘기할 수가 없었다.

어머니도 대충 짐작은 하신 거 같은데 애써 태연하게 나를 안심시키려는 어머니 얼굴을 보고 나니 눈물이 쏟아질 것만 같아 꾹 참았다. 어머니는 응급실 침대에 누워 계셨는데 내가 있어서 티를 내지 않으셨다. 담담히 누워 계시며 상황을 기다렸다. 자식에게 티를 내지 않으려는 어머니의 모습이었다. MRI 촬영은 아침에나 가능하다고 하여 어머니를 안심시켜 드리고 먼저 잠자리에 들게 해드리고 밖에 나왔다.

밖으로 나와 벤치에 앉으니 '왜 엄마와 나는 이런 삶을 겪어야 하지, 왜 우리에게 이런 일이 닥치는 거지'라고 혼자 생각하다가 눈물이 왈칵 쏟아져 내렸다. 혼자 얼마나 울었는지 모른다.

한평생 마음고생만 하시고 사랑받지 못하신 우리 어머니.

너무나도 고통스런 시간이었다. 잠도 오지 않고 밤새 눈물이 흘러내렸고 정말 미칠 듯한 시간이었다. 한숨도 못 자고 밤을 지새웠다.

아침이 되어 병원 벤치에 우두커니 가만히 앉아있는데 우연히 어떤 사람이 자기도 어머니가 악성 뇌종양으로 고생하셨다고 나에게 이런저런 이야기를 해주었다. 1년 정도 입원하여 치료하고 지금은 건강을 되찾았다는 얘기를 해주었다. 나는 이 이야기를 듣고 힘을 얻어 다시 마음을 되잡았다.

오전에 MRI 촬영까지 마치고 결국 수술이 필요하다고 했다. 이때 모든 결정은 보호자인 내가 해야 했다. 아버지도 안 계시고 나에겐 형제가 없었다. 천안에서 수술을 받느냐 아니면 서울에서 받느냐 갈림길에 있었는데 나는 과감히 서울에서 수술을 받아야겠다고 이야기를 하였다. 결국 운 좋게 천안 단국대 응급실 의사분이 전화로 서울 성모 병원에 문의해줘서 성모 병원에 갈 수 있게 되었다.

응급차를 대절하였고 천안 집으로 가서 짐을 간단히 챙겼다. 바로 단국대 병원에 와서 구급차에 어머니와 함께 탑승하였다. 사이렌을 크게 울리며 단국대 호수를 지나 천안 톨게이트를 빠져나갔다. 고등학교 때 내가 아파서 응급차를 타보았는데 이제는 내가 어머니의 보호자가 되어 응급차를 타게 되었다. 나도 모르게 눈물이 흘러나와 혼자 창밖을 보며 아무도 모르게 눈물을 훔쳤다.

몇 년 만에 서울로 향하는데 시간이 길게 느껴졌다. 나는 훌쩍훌쩍 몰래 울고 있었고, 어머니는 감정의 동요 없이 차분하셨다. 참담한 심정으로 경부고속도를 지나 서울로 진입하였다. 톨게이트를 지나 반포 쪽으로 향했다. 그리고 성모 병원에 진입 하는데 큰 도로, 큰 건물, 주변 경관 등이 그렇게 커 보일 수 없었다. 눈에 확 띄었으며 오히려 천안에 있을 때보다 마음이 차분해져 갔다. 성모 병원이 보이자 웅장한 느낌을 받았다. 올라오길 잘했다는 생각이 들었다.

병원에 도착하여 응급실에 대기하였다. 성모 병원 자체도 천안 단국대 병원과는 다르게 차분한 분위기였다. 수속을 위해 기다리는 시간이 그렇게 길게 느껴지지는 않았다. 당시 병실이 부족하다고 1인실 배정을 받고 밖에서 저녁을 먹었다. 뭔가 잘 풀릴 거라는 생각을 가질 수 있었다. 밥을 먹고 병실에서 쉬고 있는데 주치의로 보이는 교수님이 오셔서 나에게 이야기하였다.

"다행히 머리에 있는 것은 악성 뇌종양이 아닙니다. 수술하면 괜찮아질 것입니다."

참 너무나도 감사하였고 가슴이 뻥 뚫렸다. 하루 동안 마음고생

했던 것이 싹 날아가며 속이 시원하였다. 이야기를 듣자마자 어머니께 말씀을 드렸다.

정말 다행이었다. 어쩐지 서울 올라와서 좋은 예감이 있었는데 딱 들어맞았다. 악성이 아니란 사실에 마음이 조금 놓였고 잠자리에 들었다.

이튿날 기분 좋게 일어나 어머니와 이야기를 나누었다. 어머니는 병동 간호사분들에게 커피를 돌리라고 하셔서 내가 커피를 사서 병동 간호사분들에게 커피를 돌렸다. 아침 회진 이후에 빠르게 수술 날짜까지 잡히게 되었다. 서울 성모 병원에 온 것도 운이 좋았는데 수술날짜도 빠른 시간 안에 잡을 수 있게 되어 하늘에 감사하였다. 물론 수술이 두려웠지만 나을 수 있다는 희망을 갖게 되었다.

수술을 앞두고

저녁에 수술 동의서를 들고 젊은 의사가 찾아왔다. 내가 보호자이기 때문에 의사와 수술에 대한 이야기를 나누었다. 방금까지 기분이 괜찮았는데 수술 동의서 내용을 읽고 나니 두려운 마음이 들었다. 막상 어머니께서 수술을 받는다고 생각하니 내 살이 다 떨렸는데 당사자인 어머니는 얼마나 무서웠을까?

수술 동의서를 꼼꼼히 읽어 보고 바로 사인을 하였다. 그리고 다음 날 수술을 위해 어머니는 이발을 하였다. 머리를 개복하는 수술이라 부위를 정하고 이발에 들어갔다. 윙- 하는 소리와 함께 이발기가 작동하기 시작하였고, 젊은 의사가 어머니 머리를 이발하기 시작했다. 이제 슬슬 수술이 실감이 나며 떨어져 나가는 어머니 머리카락을 보고 나니 가슴이 메어왔다. 오히려 어머니는 담담하셨다. 자식 앞에서 약한 모습을 보이지 않았던 어머니시다.

큰 수술을 앞두고 얼마나 무서우셨을까… 남편도 없이 혼자서 대수술을 받아야 하는 어머니의 심정은 어떠셨을까… 그런 괴로운 상황 속에서도 자식 앞에서 감정을 드러내지 못하는 어머니의 기분은 어떠하였을까….

이른 아침 시간이 오고 말았다. 병실에서 수술 준비를 마치고 수술실로 향하였다. 마음이 좋지 않았다. 당사자인 어머니는 얼마나 무섭고 힘드실까… 내가 이렇게 힘든데 어머니는 헤아릴 수 없을 정도로 힘드셨을 것이다. 더군다나 옆에는 남편도 없고 오직 아들 하나뿐이라 수술실 가는 길이 너무나도 외롭고 괴로우셨을 것이다. 그래도 어머니는 담담하게 받아들이고 계셨다. 도망치고 싶고 무서우셨을 텐데 자식 앞에서 티를 내지 않고 조용히 수술실로 가셨다.

수술실 앞에 도착했고 수술실 문이 열렸다. 이동 침대에 누워 있는 어머니와 눈이 마주쳤다. 감정을 눌러오던 어머니의 눈에도 눈물이 그렁그렁 맺혀 갔다. 그런 어머니의 눈을 보자 눈물이 앞을 가렸다. 마지막일 수도 있는 그 순간이라 생각하니 아득하였다. 어머니 혼자 수술실로 보내고 나니 말로 표현할 수 없는 감정이 휘몰아쳤다. 마지막이면 어떡하지? 수술은 잘 될까? 얼마나 무섭고 괴로울까 등등 상상이 되질 않았다. 글을 쓰는 지금도 어머니의 눈빛을 잊을 수가 없다.

수술 그리고 중환자실의 기억

나는 어머니를 수술실에 모셔드리고 저녁에 환자 대기실에서 자야 하기 때문에 이불을 사러 나갔다. 물건을 사고 난 후, 오롯이 혼자만의 시간이었다. 지금쯤 어머니는 사경을 헤매고 계실 텐데… 안절부절 가만히 있지를 못하였다. 중간에 친구가 3시간 정도 보내주고 가서 위로가 되었다.

수술 시간이 대략 10시간 정도 걸린다고 하였다. 나는 수술 대기실에 가서 기다리기 시작하였다. 오만 가지 감정들이 오가고, 지난 과거의 일들이 다시 떠오르며 시간은 왜 그리 느린 건지….

전광판에 어머니 이름이 뜨고 '수술 중'이라는 문구가 써 있었다. 어머니 수술이 마칠 시간이 다가오자 긴장감이 더욱 심해졌다. 이대로 어머니를 못 뵙는 것은 아니겠지… 온갖 생각이 머리를 맴돌았다. 지금쯤이면 끝났을 텐데… 무슨 일이 있는 걸까… 수술이 잘못된 건가… 예상 시간을 초과하기 시작하자 나의 속은 타들어 가기 시작했다. 예상 시간을 조금 오버하고 '회복실 이동'이라는 글자가 떴다.

직원에게 물어보니 회복실에서 회복하고 중환자실로 이동을 한다고 했다. 병원 관계자들한테 따로 수술이 잘되었는지 경과에 대한 것은 들을 수가 없었다.

'제발 무사히 어머니 얼굴을 뵐 수 있었으면…'

길게 느껴졌던 회복실에서의 과정이 끝나고 어머니는 중환자실로 옮겨졌다. 면회가 가능하다고 하여 중환자실에 들어가서 어머니를 뵈었다. 어머니가 아직 회복이 안 되셨는지 각종 호흡기와 의료 도구가 어머니 곁에 있었다.

아직 의식이 완전히 돌아오질 않으셨다. 어머니 모습을 보자마자 나는 눈물이 쏟아졌다. 옆에 있던 직원도 나를 위로할 정도로 눈물이 도저히 멈추질 않아서 펑펑 울었다.

얼마나 시간이 지났을까? 어머니의 의식이 돌아오는 듯 보였다. 어머니는 의식은 있으셨지만 약간 희미하였다. 직원이 "아드님 알아보시겠어요?"라고 하는데 어머니는 희미한 의식의 흐린 눈으로 나를 보더니 힘겹게 끄덕였다.

가슴이 무너져 내렸다. 이때 어머니를 붙잡고 펑펑 울었다. 한평생 외롭고 괴롭게 사신 분인데 이런 시련까지 주어지다니… 가슴이 너무 아파서 찢어질 것만 같았다. 어머니와 이야기도 나누지 못하고 펑펑 울기만 하고 면회를 마쳤다. 그날 밤 가슴이 무너져 내려 많이 힘들었다.

중환자 대기실

어머니는 중환자실로 옮겨졌고 보호자는 들어갈 수 없어서 환자 대기실에서 밤을 보내야 했다. 면회 시간에만 들어갈 수 있었기에 환자 대기실에 앉아서 시간을 보내는데 잠도 오지 않고 한참을 괴로워하다가 잠이 들었다.

중환자 대기실에는 여러 사람이 대기해 있었다. 다들 내색은 안 하지만 힘겨운 시간을 보내고 있었다. 밥도 간신히 넘어갔다. 어머니의 모습이 잔상으로 떠올라 자기 직전까지 너무나도 괴로운 시간이었다. 어머니에게 이런 시련이 올 거라고는 상상조차 한 적이 없었다.

다음 날 아침에 일어나 옆에서 잔 환자 보호자 아저씨와 대화를 나누었다. 그 아저씨는 어머니가 신장이 좋지 않으셔서 전주에서 오셨다고 한다. 투석을 받는 어머니 병간호를 하고 계셨다. 병간호를 한 지 꽤 오래된 것 같았고 안색이 좋지 않아 보였다. 이런저런 이야기를 나누는데 병원 직원이 아저씨를 찾았다. 전화 한 통을 받고 아저씨는 정신없이 나갔다. 어머니 상태가 안 좋아진 것 같았다. 이것이 그 아저씨의 마지막 모습이었다.

아침 면회 시간이 되어 바로 어머니께 달려갔다. 중환자실 대기실 앞에서 대기하였다. 혹 오늘도 상태가 안 좋으면 어떡하지… 또 다시 눈물이 펑펑 났다. 내 옆에도 환자 보호자들이 있었다. 나처럼 펑펑 울면서 대기하는 환자 보호자들이 보였다. 다들 2~3명씩 와 있는데 나만 혼자 기다리고 있었다.

시간이 좀 지나고 문이 열리자 다들 중환자실에 입장하였다. 방역을 위해 옷을 갈아입고 들어가서 어머니를 뵈었다. 정말 천만다행이었다. 어머니는 어제보다 훨씬 호전되어 있었다. 의식도 거의 돌아오셨고 말도 잘하셨다.

"병원 밥이 맛없어서 힘들어"라고 말씀하셨다. 정말 대단한 나의 어머니다. 사경에서 돌아오셨다. 수술을 잘 이겨내신 어머니가 너무나도 감사하였다. 눈물이 났지만 한층 괜찮아진 어머니를 뵙고 나서야 나도 웃을 수 있었다. 어머니는 상태가 괜찮아져서 담당의는 곧 일반 병실로 옮길 것이라고 이야기해주었다.

어머니는 밥맛이 없고 중환자실이 너무나도 답답하다고 이야기하셨다. "그래 엄마 맛있는 거 이제 실컷 먹을 수 있어. 살아 돌아와 줘서 정말 고마워."

이야기를 잘하시는 걸 보니 마음이 놓였다. 어머니를 뵙고 짐 정리를 하러 중환자실 대기실에 갔는데 아침에 이야기를 나누었던 아저씨는 아직 돌아오지 않았다. 마음속으로 잘 되셨으면 하고 되뇌었다.

어머니의 회복과 퇴원

병실로 와서 회복이 진행되었다. 중간에 한 번 정신을 잃으신 적이 있던 것을 제외하고 상태는 괜찮으셨다. 휠체어로 어머니와 함께 병원 이곳저곳을 산책하며 돌아보기도 하였다. 수술을 집도했던 교수는 수술이 잘되었고, 어머니 상태가 더 좋아질 것이다라고 말하였다. 정말로 천만다행이다. 여태까지 너무나도 마음고생이 심하셨던 어머니다.

당시엔 몰랐지만 어머니의 회복은 1인실 병실의 영향도 있었다. 아무래도 다른 환자들과 부딪칠 일이 없어서 스트레스를 덜 받을 수 있었다. 1인실이라고 특별히 시설이 더 좋거나 밥이 더 푸짐하게 나오는 건 아니지만 타인을 신경 쓰지 않는다는 점은 환자의 회복에 있어서 많은 이점을 가져다준다.

어머니께서는 점점 회복하셨고, 나도 한시름 마음 놓을 수 있었다. 어머니와 이야기도 많이 나눌 수 있었고, 28살이 되어서야 어머니를 이해하기 시작하였다.

얼마나 힘드셨나요. 어머니… 아버지와 이혼 후 혼자서 돈도 벌고 집안 살림도 하고 철없는 아들도 이렇게 키워 내시면서 어느 누구에게 힘든 점을 토로하지 못하셨던 나의 어머니.

어머니 상태가 점점 좋아지셔서 휠체어로 병원 이곳저곳을 산책하면서 이야기를 많이 나누었다. 이제는 정말 다른 인생이 펼쳐졌으면 하는 마음이 간절하였다. 차라리 내가 아프고 말지 부모님이 아픈 것은 다신 겪고 싶지 않았다.

어머니가 쉬실 때 밖으로 나와 휴식을 취하면서 병원 근처를 산책하였는데 이때 무의식적으로 언젠가 서울을 와야겠다는 생각을 한 거 같다. 병원 주변을 거닐면 마음이 편했으며 강박증세도 없었다.

아침마다 회진이 오면 나는 물어보고 싶은 것들을 메모해 두었다가 꼼꼼히 물어보았다. 1인실을 써서 그런지 의료진은 성심성의껏 답변을 해주었다. 수술은 잘 되었으며 앞으로 점점 좋아질 것이라고 하였다. 중간에 저혈압이 왔는지 발작 증세가 한 번 있기도 하였는데 나는 재빨리 데스크에 가서 위험을 알렸고, 바로 의사 선생님이 뛰어와 응급조치를 취하여 어머니는 다시 의식을 되찾으셨다. 하루하루 지나갈수록 어머니의 상태는 호전되셨다.

수술 후 2주 정도 회복을 하시고 퇴원 결정이 떨어졌다. 이제 정말 끝이구나… 기분이 개운했다. 그러면서도 다시 천안에 내려갈 생각 하니 좀 답답한 기분이 들기도 하였다.

　퇴원 날 아침 일찍 퇴원 수속을 마치고 택시를 대절하여 천안으로 내려왔다. 처음으로 천안 집을 3주 정도 비었는데 어머니는 몸이 아직 불편하셔서 내가 살림을 도맡아 하였다.

　집에 내려오고 어머니는 점점 차도가 좋아지셨다. 2달 동안 회복을 하시고 다시 피아노 학원 일을 하기로 결심하셨다. 아직 완전히 회복되지 않은 상태였지만 어머니는 다시 일을 시작하기로 하셨다. 내 출산을 마치시고 2주 쉬시고 복귀하였다는데 정말 정신력이 대단하다.

두 번째 강박증…

다시 찾아온 강박증

막상 천안에 오니 내 강박증이 더 심해져서 다시 학교에 전화를 하기 시작하였다. 3날 동안 그렇게 전화를 하다가 이러다 몸에 병이 오겠다 싶어 결국 고민 끝에 태라님께 상담신청을 하였다. 그때 나이가 28살이었고, 어릴 때부터 있던 일을 상세하게 적어 메일로 보내 드렸다. 이후 질문 메일이 왔고 나는 질문 답변 이외에 다른 내용들도 첨가하여 메일을 보냈다. 어서 빨리 상담을 받고 싶은 마음에 나의 모든 정보를 오픈하였다. 이후 상담을 받을 수 있게 되었다. 상담 이후 겉으로만 준비하던 임용을 포기하고 다른 길을 모색하기 시작하였다.

그동안 붙잡고 있던 것을 놓아서 그런지, 아니면 하늘의 배려인지, 그동안 전화한 것의 효과인지는 몰라도 대학교수님이 나를 따로 부르셨다. 교수님은 논문 외에 졸업을 위한 과제를 따로 내어줄 테니 해오라고 했다. 논문은 이미 제출한 상태였고, 교수님이 내어주신 과제를 두 달 동안 하고 나서야 드디어 졸업을 할 수 있게 되었다. 오랫동안 나를 강박증으로 괴롭게 했던 것이 해결되어서 마음이 시원하였다.

이후 이런저런 아르바이트를 하며 새로운 진로를 모색하다가 경찰 시험을 준비하기로 마음먹었다. 이런 선택을 한 배경에는 지금 생각해 보니 가족적인 배경도 한몫했던 것 같다. 외할아버지도 경찰관이셨고 친가 쪽 사촌 형, 사촌 동생이 경찰이었다. 그리고 경찰 공부는 문과적 요소가 많아 물리 임용고시보다는 수월할 것 같았다. 고등학교 때 아버지 영향을 받아 이과를 선택하였는데 내 적성은 문과 쪽에 더 맞았다. 그래서 경찰 준비를 생각하고 교재와 인강들을 구입하고 공부 준비를 해 나갔다.

그러던 중 어느 날 갑자기 또 다른 강박증이 나를 덮쳐오기 시작하였다. 경찰 신체검사 중 사시에 대한 내용이 있었는데, 나는 여기에 갑자기 꽂혀 집착하기 시작했다.

눈에 대한 강박증

나는 양 눈의 시력이 다른 부등시를 갖고 있었다. 혹시 나에게도 사시가 있지 않나 하면서 걱정을 하기 시작하였다. 거울을 보면서 사위가 있는지 한참이나 거울을 보고 또 보았다. 한쪽 눈을 가리고 사위증상이 나타나는지 수없이 반복하였다. 그래서 안과 병원에 찾아가서 사위검사도 받고, 인터넷 검색을 하루종일 하였다.

이것도 안심되질 않아 인터넷에 있는 내용을 다 받아 적었다. 집착은 꼬리에 꼬리를 물고 눈에 대한 모든 것을 걱정하기 시작했다. 내가 고도 난시를 갖고 있어서 이것이 혹시 원추 각막이 아닌지… 혹시 근시가 더 진행하는 것은 아닌지… 생각에 생각이 꼬리를 물면서 나는 나를 괴롭혀 갔다.

눈에 관한 온갖 내용을 찾아 종이에 받아 적었다. 눈에 관한 질환은 이때 거의 다 섭렵하였다. 눈에 대한 질환을 A4용지에 적어 놓았는데 100장이 훌쩍 넘었다. 그렇게 스트레스를 받아서 그런지 어느 날 눈에 비문증이 왔다. 역시나 나는 또 병원에 가서 검진을 받았고, 2개의 병원에서 이상이 없는 생리적인 비문증이라는 얘기를 들었음에도 나의 집착은 줄어들지 않았다.

인터넷 검색을 하고 또 찾아보고 적고 경찰 공부를 하는 건지, 눈 질병에 관한 공부를 하는 건지, 내 집착은 점점 심해져만 갔다. 경찰 시험준비를 해야 하는데 하루 종일 눈 질환을 검색했다.

고도 근시에 대한 내용, 부등시에 관한 내용, 비문증에 관한 내용, 포도막염, 망막 열공, 녹내장, 황반변성, 백내장, 망막색소 변성증, 원추각막, 망막 변성 등 검색 안 해본 내용이 없을 정도였고, 검색만 하면 안심이 되질 않아 사진도 찍어 놓고 종이에 꽉 차게 적어 놓았다. 핸드폰 앨범에 눈에 대한 내용이 가득하였다.

사시에 대한 걱정도 있어서 나는 결국 대학병원까지 가서 사위검사를 받고 말았다. 그렇게 눈 걱정을 하며 6개월이란 시간을 보내고 어느 날 광시증에 대한 내용을 인터넷에서 보고 나는 또 집착을 시작하였다. 그래서 불을 끄고 광시증이 보이나 수없이 살펴보았다. 그러다가 불현듯 '내가 왜 이러나 뇌에 문제가 있는 건가, 나는 미친놈인 건가, 나는 저능아인가 등등' 온갖 안 좋은 생각이 들면서도 강박증세를 떨칠 수가 없었다. 너무 괴로워서 주변의 정신과, 정신센터 등등 안 가본 곳이 없었다. 어떤 곳에서도 내 괴로움의 원인을 잡아주지 못하였다.

의사들은 그냥 내 얘기를 들어주고 물리적 약 처방에 급급하였다. 즉 왜 내가 이런 상황에 있는지 설명을 해주지 않았다. 이때 우연히 몇몇 무속인도 만났는데 간단히 이야기를 해보고자 한다.

첫 번째 무속인은 천안 외곽에 있던 무속인이었는데, 유흥업종에 종사하다가 신내림을 받아 산속에 절을 지어 살고 있었다. 스님처럼 머리도 밀고 옷도 갖추어 입고 있었다. 스님 흉내는 내면서 고기도 먹고 술도 마시고 바깥사람들이 하는 건 똑같이 하였다. 자기에게 정성을 다하라는 식으로 이야기를 하여 헛소리구나 싶어서 동조하지 않았다. 눈이 탁했고 속세에 관심이 아주 많은 사람이었다. 그 사람 살림을 여자들이 봐주고 있었는데 대충 그림이 그려졌다. 다신 그 사람을 찾아가지 않았다.

두 번째 무속인은 우리 집 근처에 사는 무속인이었다. 예전에 신내림을 받고 신당을 차려 무당을 하다가 지금은 관두고 식당일을 하던 사람이었다. 당시 어머니와 안면이 있는 사이였는데 항상 천도제나 굿을 해야 한다고 이야기를 하였고, 그 말에 신뢰가 전혀 가질 않아 멀리하였다. 지금 생각하면 돈을 바치지 않은 게 정말 다행이었다.

그렇게 집착을 하다가 나는 병원에 가서 또 검사를 받기로 하였다. 망막이 걱정되어 산동검사를 받았는데 아니나 다를까 격자형 망막 변성이라는 진단을 받았다. 여태까지는 정신적인 문제였지만 결국 실제로 물리적인 병 진단을 받고 말았다.

듣는 순간 생소한 병명에 나는 어리둥절하였고 가슴이 덜컥 내려앉았다. 바로 그날 레이저 치료를 받고 집에 왔는데 뭔가 실감도 나질 않았다.

또 집에 와서 나는 격자형 망막 변성이라는 병에 집착하여 검색하기 시작하였다. 이런 내가 너무나도 싫었고 집착도 진절머리나게 하기 싫었지만 멈출 수가 없었다. 미친놈처럼 검색을 하고, 걱정하고,

질병에 대한 내용을 필사하였다.

이렇게 가다간 큰일이 날 듯싶어 주신님을 뵙기로 하였다. 그 당시 정신분석센터, 정신과 병원 등등 정신과 관련된 곳을 여기저기 찾아다녔는데 내가 원하는 답을 찾지 못하였고 주신님이라면… 이분이라면… 이라는 생각으로 상담을 요청하게 되었다.

나는 워낙 급한 상황이었기에 상담 수락 후 바로 상담을 하자고 주신님에게 이야기를 하였다. 그래서 상담 날짜를 바로 잡고 서울로 향하였다. 고속버스 터미널에 내려서 전철을 타고 강남의 한 약속 장소에 도착하였다. 전철역 입구에서 기다리고 있는데 주신님이 오시는 게 보였다. 인상이 강하셔서 한 번 보면 잊혀지지 않는, 눈에 띄는 외모를 가진 분이셨다. 멋진 검정 정장에 노타이를 하시고 힘 있게 걸어오셨다. 나는 인사를 드렸고 주신님의 눈을 보았다. 순간 나를 스캔하셨는데 이때 나는 느꼈다.

'아… 옷을 잘못 입고 왔구나' 그 당시 옷을 입을 줄 몰라 검은 티에 블랙진 그리고 운동화를 신고 갔는데 아뿔싸 하였다. 다음 상담 때는 정장을 갖추고 입고 와야겠다고 다짐하였다. 인사를 나누고 근처 사무실로 이동을 하였다.

주신님은 "먼저 너 이야기를 해봐라." 하셨고, 나는 심호흡을 하고 이야기를 시작하였다.

"상담 요청을 응해 주셔서 정말 감사합니다."라는 이야기와 함께 나는 나의 이야기를 시작하였다. 29년 동안 있었던 모든 일을 빠짐

없이 이야기를 하였고, 주신님은 내 이야기를 듣고 나서 다음과 같이 물었다.

"본인이 약한 사람이라는 걸 아나요?" 자존심이 강했던 나는 "네"라고 이야기하였다. 더 이상 물러설 곳이 없었기 때문에 모든 것을 인정할 생각이었다. 주신님은 내 인생에 관해 이해되게 여러 가지를 풀어주셨고, 또 많은 이야기를 해주셨다. 그렇게 상담을 받고 나니 점점 마음이 편해지기 시작하였다.

여태까지 힘든 일을 겪으면서 나는 하늘을 원망해 본 적은 없었다. 다만 그 대신 나는 나를 엄청나게 원망하고 있었다. 왜 원망을 하고 살았는지 이제 슬슬 보이는 거 같았다. 오길 잘했다는 생각이 들었고 상담을 마치고 전철역 앞까지 주신님과 걸어왔다. 걸어오면서 주신님은 나에게 이렇게 얘기했다.

"병도야 이제 마음이 편해졌지? 이틀 후 상담 때 다시 보자. 오늘 마음 푹 놓고 푹 자라."

나는 편한 마음으로 천안에 내려왔고, 다음 상담이 기다려지기 시작했다.

이름을 바꾸다

두 번째 상담 날이 왔다. 나는 정장을 입고 왔고, 주신님은 캐주얼 패션으로 멋지게 입고 오셨다. 인사를 나누고 사무실로 향하는 도중 이때 주신님이 중요하게 하신 말이 있다.

"너 이름 바꿔라."
"대길이 어떠냐? 임대길!!"

상담을 하기 위해 사무실 계단을 올라가던 중, 주신님은 개명을 하라고 바로 나에게 말씀해 주셨다. 상담실에 들어와서 나는 말씀드렸다.

"이름 바꾸고 싶습니다. 바로 진행하겠습니다."

나는 새롭게 태어나고 싶었다. 그래서 바로 '이 이름이 내 이름이다'라고 생각하고 이름을 신청하러 갔다. 이 당시 법이 바뀌어서 개명하는 것이 쉽게 허가될 수 있었다. 소명도 내가 직접 작성을 하여 법무소에 보냈다. 그리고 나는 폼으로만 하던 경찰 준비를 그만두고 새로운 진로를 모색하기 시작하였다.

나는 대학 졸업 성적이 2.7이었고 당시 나이는 29살이었다. 여기서 공부를 해서 스펙을 채우는 건 시간도 없고 또 공부를 시작하면 강박증이 또 올까 봐 나는 최대한 빨리 사회생활을 할 수 있는 방법을 생각하였다. 사회생활을 하다 보면 강박증이 줄어들지 않을까 하는 생각이 컸다.

이때쯤 우연히 내 눈을 사로잡았던 것은 '제약 영업'이었다. 여태까지 살면서 영업에 대한 생각은 해본 적도 없었고, '제약 영업'하면 괜한 편견과 무서움을 갖고 있었다.

그런데 그때 당시는 왠지 제약 영업이 끌려 들어왔고 막상 하면 잘할 수 있을 거라 생각하였다. 그래서 제약회사 영업 위주로 원서를 넣기 시작하였다.

이젠 제발 사회생활을 하고 싶었다. 그렇게 3개월 정도 구직 활동을 하였고, '임대길'이라는 이름으로 개명 허가가 난 뒤, 바로 취업이 되었다.

2014년 12월 개명 허가 후에 나는 '고려제약'이라는 회사에 합격하여 드디어 사회생활을 시작할 수 있게 되었다.

당시 나는 어머니를 혼자 천안집에 두고 독립을 할 수가 없었다. 내가 다른 지역으로 취업을 하게 되면 어머니 혼자 천안 집에 덩그러니 혼자 계셔야 한다. 그 생각을 하니 다른 곳으로 발길이 떨어지지 않았다. 혼자 계신 어머니 생각만 하면 가슴이 아프고 어머니를 혼자 둘 수가 없었다. 어머니와 감정적인 유대가 강하여 나는 어머니 곁을 떠날 수가 없었다. 그래서 천안집에 남기 위해 충남에 지원하였다.

취업 후 연수원에 일주일 들어가게 되었다. 가기 전날, 혼자 계실 어머니를 생각하니 눈물이 쏟아졌다. 어머니 앞에서 눈물을 글썽거렸다.

연수원 때 나는 대전팀에서 일하고 싶다고 이야기하였다. 연수원에서 교육을 마치고 서울 본사에 출근하였다. 그리고 현장 교육을 일주일 받은 후 나를 뽑은 이사가 서울로 근무를 배정시켰다. 지금 생각하면 마치 예정된 일 같았다.

이사가 대뜸 나를 부르더니 "서울에서 일해라!"라고 했으며 나는 망설이지 않고 순간적으로 알겠다고 하였다. 원래 계획은 대전에서 일을 하고 성장을 한 후 서울에 올 계획이라 기회가 이렇게 빨리 오게 될 줄 몰랐다. 그리고 회사에 지원 당시 대전을 1순위로 썼는데 서울로 발령이 나버린 것이다. 아마 이때 대전에서 일을 하였으면 나는 서울에 올라오기 힘들었을 것이다. 어쨌든 인연의 힘으로 서울로 올라오게 되었다.

드디어 취직을 하다…

우당탕탕 취업기

서울권 팀으로 배정을 받고 일주일 현장 교육 후 지역 배치를 할 타이밍이 되었다. 차장이 신입사원들을 모아 놓고 영업지역 배치를 시작하였다. 동기들 배치가 끝나고 차장은 다음과 같이 말했다.

"네가 집이 천안이니 부천에서 영업활동을 하는 게 어떻겠냐? 소풍 터미널에서 천안으로 왔다 갔다 하면 될 거 같다."라고 이야기를 하였다.

신입사원인 나는 무슨 배짱인지 부천보다는 차라리 서울쪽 배치를 말씀드렸다. 마침 동대문구 지역이 비어 있다는 것을 알고 동대문구를 하고 싶다고 직접 말씀을 드렸다.

차장은 아마 "신입사원이 건방지게 뭐 이런 놈이 다 있나!"라는 생각을 했겠지만 나의 뜻을 들어 주었다. 그렇게 해서 나의 첫 영업 근무지는 서울 동대문구가 되었다.

동대문구에서 맨땅에 헤딩을 시작하게 되었다. 군대도 다녀오지 않았고, 눈치도 없고, 고집도 셌던 나는 고려제약에서 참 많이도 욕을 먹었다.

당시 천안에서 새벽 5시에 일어나 서울로 통근을 하였다. 당시 야식도 많이 먹고 술도 많이 마셨는데 하루 일과가 힘들었는지 살이 10kg 이상 빠졌다. 새벽 5시에 일어나 서울 본사로 출근하고, 다시 전철을 타고 동대문구에서 일을 하였다. 퇴근 후 집에 오면 9시가 되었다.

당시 회사 일도 잘하지 못하였다. 상사 말을 잘 듣지 않고 심지어 과장한테 큰소리로 버럭 대들기도 하였다. 누가 뭐라고 하면 화가 치밀어 올라왔는데 이것을 참지 못하고 그냥 배출해 버린 것이다. 과장은 나에게 "대길아! 너 분노조절장애냐?"라고 물었고, '아차 내가 진짜 실수했구나' 싶어서 바로 "죄송합니다."라고 사죄드리고 행동을 수정하였다.

윗사람을 어떻게 대해야 하는지 감이 전혀 오질 않아 욕을 먹어가면서 배워갔다. 군대도 다녀오질 않았고 내 자체가 사회생활이 잘되는 사람이 아니었다. 여태껏 내 고집대로, 내 소신대로, 살아와서 직장에서도 그대로 고집을 부렸다. 상사가 하는 말도 한 귀로 듣고 한 귀로 흘려버렸다.

하지만 그럴수록 더 깨졌다. 욕을 참 많이도 먹었다. 욕을 먹어도 '대체 왜 나한테 욕을 하지?'라고 생각하며 속에서 화가 치밀어 오르기도 했지만 사회생활을 포기할 수가 없었다. 예전처럼 강박증에 시달리면서 사는 건 죽는 것보다 싫었다.

회사 선배들한테도 많은 욕을 먹었고, 외근 나가서 영업일도 잘하지 못하였다. 실적도 좋지 않아 이제 관두어야 하나 고민을 하였다. 그렇다고 다시 공부를 한다거나 다른 길을 모색할 수도 없는 노릇이었다. '일단 버티자'라는 생각으로 마음을 다잡아 나갔다. 그래도 몸이 아프거나 강박증으로 정신이 망가져 가는 것보다 나으니까.

그렇게 우당탕탕 회사 생활 몇 개월 후, 어머니께 서울로 이사를 가자고 말씀을 드렸다. 천안집을 팔고 같이 서울에 올라가서 새 출발을 하자고 제안했다. 어머니는 도저히 천안집을 떠날 수 없다고 하셨다. 직접 정성 들여 지은 집에 애착이 많으셔서 떠나기 어려워 보이셨다. 서울에 가면 단독 주택에 살기 힘들 텐데 그렇게 되면 음악을 마음대로 연주하기도 힘들고 듣기도 어려워 음악을 사랑하셨던 어머니는 그것을 염려하셨다.

그렇다고 나도 어머니를 혼자 두고 떠날 엄두가 도저히 나질 않았다. 몸도 안 좋으신 어머니를 혼자 두고 서울에서 직장 생활을 할 수는 없었다. 그러면서도 어머니께 짜증도 많이 부렸다. 마음에도 없는 소리를 하여 어머니 가슴을 아프게 하였다. 나의 얘기에 어머니는 눈물을 흘리기도 하였다.

너무나 죄송스럽고 가슴이 아팠던 시간들이었다. 일은 일대로 힘들었고, 집에 와서 어머니께 있는 짜증 없는 짜증 다 쏟아 냈다. 참으로 못난 아들이었다. 나를 위해 오롯이 30년을 사셨던 어머니께 짜증이나 부리고. 나는 나쁜 놈이다.

이대로 회사를 다니게 되면 죽도 밥도 되지 않을 거 같아 어머니께 말씀드렸다.

"회사에 대전으로 보내 달라고 이야기를 하겠다. 만약 대전에 보내주지 않는다면 나는 회사를 그만두겠다."라고 하였다. 어머니는 이때 많은 생각을 하신 거 같다.

이 무렵 어머니는 수술을 했음에도 불구하고 마약 진통제가 듣지 않을 정도로 큰 통증에 시달리고 계셨다. 그래서 그렇게 깔끔했던 어머니께서 설거지에 음식 잔여물을 남기기도 하고, 예전과 다르게 변화가 많으셨다. 아마 어머니 본인은 이런 사실을 받아들이기가 쉽지 않았을 것이다. 통증도 심하고 점점 약해져 가는 본인을 받아들이기 어려우셨을 것이다.

점점 몸이 쇠약해지면서 10년간 앓았던 우울증도 점점 증세가 심해져 갔다. 몸이 건강하셨을 때도 우울증세로 인해 삶에 대한 의욕이 많지는 않으셨다.

어느 순간부터 어머니는 "내가 죽으면 너는 잘 살아가야 한다. 아무도 믿지 말고 너는 잘 살아야 한다."라고 종종 나에게 말씀 주셨다. 일종의 시그널이었는데 그때는 미처 알아차리지 못하였다.

삶의 의욕이 없으셨고 오직 나를 위해 30년이란 삶을 살아오셨다.

그리고 결정적으로 치매에 대한 걱정을 많이 하셨다. 인지기능도 예전과 같지 않고 점점 상태가 안 좋아져서 옆에서 지켜보던 나도 "설마 아니겠지… 아마 아닐거야." 하면서 걱정이 되었다.

증상이 점점 심해져서 치매에 걸리게 된다면… 아들인 내가 가장 고생할 거라 생각하신 거 같다. 몸이 아파옴에도 나의 앞날을 걱정하던 어머니였다.

 **… 죽음**

그날의 기억

서울 동대문구에서 천안으로 6개월 통근을 하던 어느 날, 천안에서 통근하는 나를 위해 회사는 일주일에 한 번 천안근무를 하게 해주었다. 나는 대전팀 발령을 염두에 두고 있었기에 회사 휴일임에도 불구하고 출근을 하였다. 일을 마치고 모처럼 대학 친구들을 만나기 위해 수원으로 향하였다.

수원에서 친구들과 만나 진탕 술을 퍼먹고 다른 친구들은 숙소를 잡아 잔다고 하였는데 나는 첫차를 타고 천안에 가겠다고 얘기했다. 그 당시 첫차는 새벽 6시 전으로 기억하고 있다. 술을 먹고 놀 때도 항상 어머니가 걱정되어 마음 한편에는 밤늦게 놀아도 집에는 꼭 들어가야 한다는 마음이 있었다.

떨어져 있으면 항상 어머니가 눈에 밟혔다. 나가서 일을 해도, 친구들을 만나도, 마음 한구석에는 항상 어머니가 자리하고 있었다.

마음이 편치 않았다. 아버지는 새사람이 계셔서 걱정되지 않았는데 나는 온통 어머니 걱정이었다. 천안에서 서울로 왕복 4시간여를 통근하면서도 어머니 곁을 떠날 수가 없었다.

새벽까지 술을 마시고 이날 아침쯤 천안역에 도착해서 어머니께 전화를 드렸다.

"엄마 나 지금 집에 들어가, 사과주스 부탁해."
"응, 알았어."

평소와는 무언가 다른 목소리였는데 대수롭게 생각하지 않았다. 목소리가 분명하고 또렷하였다. 아픈 이후 수술 후유증으로 말씀이 또렷하지 않았는데 그날만큼은 분명하였다. 그날의 분위기와 느낌… 뭔가 평소와는 달랐고 담담한 목소리가 느껴졌다.

집에 도착하자마자 씻고 어머니께서 준비해 주신 주스를 마셨다. 그리고 이내 잠들었다. 여름이라 어머니 방이 시원하여 어머니 침대에 누웠다. 어머니 침대에서 잠이 들었는데 어머니께서 나를 쳐다보고 계셨다. 옆으로 누워 나를 지긋이 보고 계셨다. 전날의 피로로 나는 바로 잠에 빠져들었다.

6시간쯤 흘렀을까… 오후 1시쯤 물을 한잔하러 거실로 나왔다. 거실에 어머니가 평소에 많이 쓰던 이불을 깔고 누워 계셨다. 나는 머리가 아프셔서 누워 계신 건가? 라고 생각하고 물을 마셨다. 물을 먹고 컵을 내려놓는데 또렷하게 하시는 말씀이 들렸다.

"약을 먹었다!"

이게 무슨 이야기이지? 이게 무슨 상황이지? 이게 뭐지? 전날 술이 덜 깼나? 도저히 이해가 안 되는 상황이었다.

"무슨 약을?"
"농약을 먹었다."

순간 시간이 정지된 듯, 상황이 정리되지 않은 듯, 멘붕된 혼란스러운 상황, 이게 대체 무슨 일이지?

나는 어머니께 소리쳤다. 원망 섞인 목소리였다.

"대체 나한테 왜 그러는 거야?"

하늘에 대고 이야기한 건가, 아니면 어머니에 대한 원망이었던가 지금 이 상황이 현실인 건가. 그리고 다급해진 나는 바로 119를 불렀다. 핸드폰을 들고 119에 전화를 하는데….

"119 부르지 마! 나 살리지 마라."

엄마는 또렷하고 단호하게 말씀하셨다.

그럼에도 불구하고 나는 전화를 하였고, 5분도 지나지 않아 119 대원들이 집으로 도착하였다. 나는 그 당시만 해도 위세척만 하면 바로 괜찮아질 줄 알았다.

내가 마지막으로 한 저 한마디가 두고두고 나를 괴롭혔다.

"대체 나한테 왜 그러는 거야?"

이 말이 메아리처럼 내 안에서 뱅뱅 돌았다. 마지막 가시는 길인데 저런 말씀을 드렸다는 게 너무나도 내가 원망스러웠다. 어머니한테 제대로 된 말 한마디 못했던 것이 후회스럽다.

곧바로 응급차가 도착하였고, 어머니는 괴로워하시면서도 구급대원들에게 이야기했다.

"나를 살리지 마." 어머니는 호소하듯 이야기하셨다.

구급 대원들은 아무 말 없이 어머니를 태웠고 응급차는 출발하였다. 정신이 없었고 어안이 벙벙하였다. 이게 대체 무슨 일인가… 이런 일이 일어날 거라고는 꿈에도 몰랐다. 응급차 안에서 나는 정말 참담한 심정이었다. 이때 이후 응급차만 보면 몇 년 동안 가슴이 두

근거렸다. 응급차는 사이렌을 울리며 어머니와 마지막 데이트를 했던 단국대 호수를 지나 단국대 병원으로 향했다. 불과 어제만 해도 어머니와 평상시처럼 대화도 나누었고 직장도 천안으로 옮길 거라고 이야기도 했는데… 난 상상도 하지 못했다.

응급차에서 외가 식구들한테 전화했다. 병원 도착할 때까지 어머니는 큰소리 한번 안 내셨는데 이건 나를 위해 괴로워하는 모습을 보이지 않으려 그랬던 거라 생각된다. 농약은 최고 농도로 독한 것이었다. 속이 타들어 가고 통증이 어마어마했을 텐데 어머니는 응급실 도착 전까지 아무 소리 내지 않으시고 꾹 참았다. 죽음의 순간에 이런 의지를 보일 수 있는 사람이 있을까? 마지막까지 자식인 나를 생각했던 어머니시다.

응급실

천안 단국대 병원 응급실에 도착해서 어머니는 많이 괴로워하셨다. 이어 의료진들이 응급 처치에 들어갔다. 이때만 해도 위세척을 하면 살 수 있을 거라고 생각했다.

이모와 형사 친구에게 전화하였는데 농약을 먹으면 웬만하면 살기 힘들다는 것이다. 더군다나 어머니께서 드신 농약은 정말 독한 약이었다. 이모와 전화 통화에서는 "언니가 농약을 먹었는데 살기 어려울 거다."라고 쉽게 말할 수 있나 생각이 들었다. 감정이 느껴지진 않았다. 본인 언니인데? 어이도 좀 없었다. 얼마 후 삼촌 2명이 도착하였다. 그리고 담당의가 나를 방으로 불렀다. 담당의는 현재 상황을 담담하게 이야기해주었다.

"현재 심폐소생술을 진행하고 있는데 이미 장기가 상당 부분 망가져서 살 확률이 거의 희박합니다. 만약 산다고 하여도 평생 투석을 하거나 식물인간 상태가 될 것입니다."라고 이야기하였다. 듣는 순간 가슴이 턱하고 막혔고 나는 주저앉아 울고 말았다. 제발 꿈이었으면 했지만 엄연한 현실이었다.

담당의는 심폐소생술 포기가 적힌 종이를 가져와서 나에게 더 이상의 치료를 원하냐고 물어왔다. 나는 그래서 물어보았다.

"연명 치료가 의미가 있는 건가요?"

담당의는 의미가 없다고 하였다.

나는 결정을 해야 했다. 상상이나 했을까? 내가 이런 결정을 하게 될 줄은….

나는 여기서 어려운 결심을 하였다.

어머니를 하늘나라로 보내 드리기로… 마지막이라도 편하게 보내

드리고 싶었다.

어머니 그동안 얼마나 고생이 많으셨나요?

참았던 눈물이 다시 쏟아져 나왔다. 꺼이꺼이 울었다.
하루아침에 이게 무슨 일인가?
종이에 포기 사인을 하고, 의료진에게 마지막 모습을 보고 싶다고
울면서 말하였다.

"어머니를 보고 싶습니다." 흐느끼듯 이야기하였다. 응급실 쪽으
로 이동을 하여 어머니가 계신 곳으로 갔다.

어머니는 이미 의식이 없으셨고, 차가운 응급실 침대에 누워계
셨다.
치료를 멈추고 몇 분 후 삐- 소리가 들렸다. 드라마나 영화에서나
보던 상황이 나에게 펼쳐졌다. 삐 소리가 아프게 들렸다.
어머니는 하늘나라로 가게 되었다.

"6월 6일 오전 00시 00분. 김미자 환자분 사망."

의료진은 사망선고를 공식적으로 말했다. 그리고 자리를 비켜 주
고 나와 어머니 둘만의 시간을 주었다.

눈물이 쏟아져 나왔다.

어머니 어머니 어떻게 이렇게 하루아침에 가실 수가 있나요.

오늘 아침 잠깐 본 모습이 정녕 마지막이라니요.

마지막이 어떻게 이럴 수가 있나요, 어머니 어머니.

한참을 울고 어머니께 이런저런 말씀을 드렸다.

지금 영혼이 보고 계시나요, 어머니.

정말 사랑했습니다. 어머니 너무나도 죄송합니다, 어머니.

어머니 가족들에게도 남편에게도 아들에게도

사랑받지 못하고 얼마나 외로우셨나요.

하늘나라에서는 부디 외롭지 마시고,

좋아하시는 음악 마음껏 들으세요.

그동안 이 못난 아들 뒷바라지하느라 고생 많으셨습니다.

어머니의 아들이어서 정말 행복하였고 죄송합니다. 어머니….

더 이상 움직이지 않는 어머니를 안고 사랑한다고 말씀드렸다. 생전에 아들 뽀뽀하자고 하면 철들고 나서 항상 거부하였는데 어머니 볼에 뽀뽀를 해드렸다.

어머니 너무나도 슬픕니다. 나는 영혼을 존재를 믿어서 어머니께 이런저런 이야기를 많이 하였다.

마지막 결심

어머니는 어느 순간 결심을 하셨던 것 같다. 육체적으로도, 정신적으로도, 더 이상 삶의 지탱이 힘들다는 것을 느꼈다. 더 이상의 삶은 무의미하며 이제는 결단을 내리기로 한 것이다. 더이상 지체를 하면 내게 짐이 될 거라 생각하신 거 같다. 이때의 결정에는 감정적인 것보다 이성적인 판단이 들어간 것 같다. 내 자식만큼은 나보다 더 나은 삶을 살길 바라며 본인의 희생을 생각하셨다.

돌아가시기 일주일 전쯤 농약을 구매하셨고, 가장 좋아하셨던 빵집에 가서 빵과 팥빙수를 드시고 오셨다. 그리고 타이밍을 생각하신 거 같다. 내가 가장 충격을 받지 않도록, 사회생활에 지장을 최대한 받지 않도록, 여러 가지를 미리 고민하고 결정을 내리신 것 같다.

나는 전혀 알지 못했다. 그날 평상시의 어머니와 다른 걸 알아차리지 못하였다. 특별한 이야기도 없으셨다. 며칠 뒤 등산을 가신다고 등산복이 필요하다고 하여 주말에 등산복을 사러 가려 했었다.

돌아가시기 일주일 전에도 항우울제와 진통제를 처방받아 오셨고 전혀 티를 내지 않으셨다. 외할머니와 매일 통화를 하셨는데 또한 티를 내지 않으셨다.

죽음의 방법도 내가 충격을 덜 받을 수 있도록 목을 매거나 투신을 하지 않고 농약을 드신 거 같다. 최후의 모습도 자식에게 누가 되지 않도록 어머니는 가장 깔끔한 방법을 택하신 거 같다. 거실에 이불을 깔고 그 독하고 독한 농약을 그대로 남김없이 마셨다. 약은 최고 농도로 독했던 약이었는데 내가 일어날 때까지 신음소리 한번 안 내었다. 자식에게 험한 모습 보이지 않고 의연하게 가시려고 하는 어머니였다.

요일도 공휴일인 현충일이었고 다음 날이 주말이었다. 회사원인 내가 일에 지장을 최대한 받지 않도록 선택을 하셨다. 그리고 내가 집에 들어오기까지 기다리시고 마지막 나의 모습을 확인하셨다. 아마도 내가 집에 들어와서 충격을 받을까 생각을 하여 나를 기다리셨다는 생각이 든다.

그날 마지막 모습… 침대에 나란히 누워 나를 지긋이 바라보던 그 모습… 아들을 눈에 담아두려 했던 그때… 어머니는 무슨 생각을 하셨을까? 자식을 두고 떠나는 어머니는 마지막에 어떤 생각이었을까? 혹시라도 선택을 번복하실 생각은 안 하셨을까?

어머니는 여러 가지 생각 끝에 결심하신 것 같다. 나를 위해 삶을 비켜 주시기로… 아들을 위해… 오로지 나를 위해… 30년 동안 나를 귀하게 대해 주셨던 어머니의 마지막 사랑이라고도 생각된다.

 ··· 장례

장례준비

이대로 나도 어머니를 따라가야 하나? 라는 생각이 들기도 하였
지만 나는 정신을 붙잡았다. 죽고 싶었지만 할 일은 해야 한다는 것
이 너무나도 무거웠다. 어머니가 스스로 목숨을 끊으셔서 장례를
치르려면 몇 가지 과정이 필요하였다.

이젠 어머니가 잘 가실 수 있도록 장례를 치러야 한다. 삼촌들이
랑 밥을 먹는데 넘어가지 않는 밥을 꾸역꾸역 넘겼다. 어머니께서
스스로 목숨을 끊으셨기 때문에 장례를 치르려면 '검사 지휘권'이
필요하다는 얘기를 들었다. 경찰서에 찾아가야 하는 일이었다. 그래
서 경찰서 가기 전 병원 수납을 해야 하는데 수중에 가진 돈이 없었
다. 원무과 직원에게 집에 다녀오겠다고 말했는데 그걸 옆에서 보고
있던 삼촌들은 가만히 있었다. 결국 이 상황을 지켜보고 있던 내 형
사 친구가 수납을 대신 해주었다. 그리고 경찰서에 가서 소명을 하

고 무사히 장례를 치르고 싶다는 뜻을 전했다. 이때도 형사 친구가 도움을 많이 주었다.

경찰관은 담담하게 사건을 처리해 주었다. 경찰서에서 조사를 끝내고 현장에 방문하기 위해 담당 경찰관들과 집으로 향했다. 자살인지 타살인지 확인을 하기 위해서이다.

불과 어제까지만 해도 따뜻한 어머니와 나의 보금자리였는데 현관문을 열고 들어가는 순간 싸늘한 기운이 엄습하였다. 들어가기조차 싫고 도망가고 싶었다. 정말 꾹 참아내고 경찰관분들과 집안에 들어섰다.

어머니는 거실에서 돌아가셨고 어머니 책상에 유서와 통장, 도장 등이 가지런히 놓여있었다. 그리고 나의 양복도 깔끔하게 다림질해 놓으셨다. 내가 혹시 밥을 굶을까 냉장고에는 음식이 가득하였다.

전날 유서를 작성하시면서 무슨 생각을 하셨을까?

음식을 하시면서 어떤 감정이 드셨을까?

하나뿐인 자식을 남겨놓고 가는 어머니의 심정은 어떠하실까?

자식의 출근을 위해 양복을 다림질하실 때는 어떤 감정이셨을까?

전날 잠은 주무셨을까?

당일 아침, 자는 나를 바라보고 어떤 생각을 하셨을까?

농약을 드시기 직전 어떤 생각을 하셨을까?

나의 어머니는 행복하게 살고 싶으셨는데 이런 선택을 하는 상황이 얼마나 힘드셨을까?

두렵고 무섭지는 않으셨을까?

본인의 속내를 자식에게도 부모에게도… 어느 누구에게도 말하지 못하고 가는 것이 얼마나 답답하셨을까?

어마어마한 통증이 있었음에도 자식 앞에서 의연한 모습을 보이셨지만 얼마나 아프셨을까?

나로선 도저히 상상이 가질 않는다….

경찰관은 현장을 보고 자살로 사건을 단정 짓고, 다시 경찰서로 와서 사건을 마무리하고 소명하였다. 경찰서를 나와 오늘 밤을 보낼 생각을 하니 앞이 깜깜하였다. 오늘 밤을 어떻게 보내야 하나… 어디 갈 곳도 없고 방황을 하였다. 그러던 중 청주에서 대학 때 친했던 형이 와서 밤을 같이 보냈다. 그 형이 집에 있는 비싼 물건을 잘 챙겨놓으라고 해서 어머니 유품 중 가격 있는 것들은 다 따로 챙겨놓았다. 그 형이랑 이런저런 이야기를 나누었다. 같이 밤을 보냈던 형은 나에게 조언을 해주었다.

"이제는 너 혼자다. 정신 바짝 차려야 한다."

하루아침에 나는 혼자가 되었다. 정신을 차려야 한다는 현실이 너무나도 무거웠다.

그날 나는 뜬눈으로 밤을 보냈다.

어느덧 해가 뜨고 있었다. 하늘을 보고 주먹을 불끈 쥐며 다짐을 했다. 장례를 잘 치르겠노라고.

마지막 가시는 길

밤을 샌 후, 감사하게도 검사 지휘권이 당일에 떨어져서 장례식장을 찾아갔다. 예전에 가보기도 하였고 천안 인터체인지에 가까운 장례식장을 잡았다. 이른 아침 장례식장에 가서 직원들과 이야기를 나누었다. 가격과 과정 등의 이야기를 듣고 난 후 신속하게 진행되었다.

장례식장 직원들이 어머니 시신을 옮겨왔고 이제 조문객을 맞을 준비를 하였다. 빈소에 가보니 미리 친구들이 와 있었다. 바로 옷을 갈아입고 마음을 가다듬었다.

장례식장에서 제공해준 양복을 입고 조문객들을 맞이하기 시작하였다. 나는 형제도 없고 아버지도 계시질 않았기에 혼자 어머니의 마지막 길을 함께 하였다. 상주 역할을 이렇게 빨리할 줄이야.

그날 날짜가 토요일이었는데 어머니께서 날짜와 요일까지 고려하신 게 아닌가 라는 생각이 든다. 어머니께서 나를 배려해 주시려고 계산을 하고 삼일장을 치를 수 있도록 생각을 하신 거 같다.

장례는 친구들이 많이 와줬고 씩씩하게 잘 끝낼 수 있었다. 손님 맞이도 분주하게 하고, 오시는 분마다 감사의 말씀을 드렸다. 오는 분들에게 슬픈 모습은 보이지 않았다. 최대한 밝게 오는 분들을 맞이하고 감사함을 표하였다.

그 당시 나는 어머니의 영혼이 장례식을 함께 한다고 굳게 믿고 있었다. 하나뿐인 아들이 슬픔에만 빠져 있다면 어머니의 마음이 편치 않으실 거라 생각하여 "우는 건 식 마치고 울자. 마지막 모습만큼은 의연하고 밝은 모습을 보여드리자."라고 마음을 먹었다.

어머니께서 돌아가시기 전 몇 개월간 교회를 다니셨는데 교회에서 감사하게도 사람이 많이 와주셨다. 기독교식으로 어머니께 인사를 하고 싶다고 하여 동의하였다. 장례식장에서 이제 염을 할 시간이 되었다고 하여 마지막으로 어머니를 뵈러 염하는 장소에 갔다. 어머니의 육신은 싸늘한 시신이 되어 있었다.

어머니의 마지막 모습… 어머니를 어루만졌다.
참았던 눈물이 폭발하였다.
어머니… 부디 평안하세요.
정말 사랑합니다. 어머니….

직원이 물었다. "이제 시신을 안치할까요?"

마지막까지 어머니의 모습을 눈에 담고자, "시간을 조금만 더 주세요."라고 요청하였다. 어머니 육신을 볼 수 있는 마지막이다. 어머니의 모습을 가슴에 담아 두었다. 이제는 가슴에 묻어야 한다.

몇 분 후 시간이 되었고 어머니의 시신을 안치하였다.

염의 의식을 하고 다시 빈소에 와서 식을 치렀다. 낮에 아버지께 장례를 치른다고 전화를 드렸는데 아버지는 서늘한 반응이셨다. 나는 그런 아버지가 이해가 되질 않았다. 하나 남은 아들이 이렇게나 큰일을 겪었는데 와 보기는커녕 냉정한 반응이라니.

그 당시 나는 이해가 되질 않았다. 앞으로 아버지와의 관계를 다시 생각해 보게 되었다. 사실 나는 아버지를 보고 실망을 하였다. 내 아들이 만약 나와 같은 상황이라면 나는 무조건 와서 아들 옆을 지켰을 것이다. 우리 아버지는 정말 정이 없는 사람인가 아니면 냉혈한인가.

글을 쓰는 지금 그때 일을 다시 정리해 보니, 아버지는 나에게 자유를 부여하신 것 같다. 이제 너의 인생을 살아가라는 거였다. 아버지는 생전 어머니에 대해 좋지 않은 감정이 있으셨고, 그래서 더욱 오고 싶어 하지 않으셨다. 낮에 안 오겠다고 고집부리던 아버지께서 새엄마와 함께 장례식장에 오셨다. 친가 식구들이 모두 간 후에 오셨는데 사촌 형의 문자가 영향이 있었다. "너무 하신 거 아닌가요." 라는 사촌 형의 문자를 받고 밤에 오셨다.

낮에 좋지 않은 생각을 했는데 저녁때 막상 아버지 얼굴을 보고 나니 안 좋은 이야기는 차마 못하였다. 다만 새엄마가 펑펑 우셨는데 그 당시는 그 모습이 그리 좋아 보이진 않았다. 어린 마음에 새엄마에 대한 원망도 있었다. 다만 티는 내지 않았다. 왜 우시는 것일까? 정말 우리 가족의 속사정을 알고 그러는 건가? 라는 생각이 들었다.

나는 아버지에게 함께 어머니께 절을 해달라고 부탁을 드렸다. 타이밍상 외가 식구들이 절묘하게 빠져 있어서 아버지와 나 단둘이 어머니께 절을 드렸다.

아버지 어머니 모두 행복한 생활을 하지 못하셨지만 마지막 인사만큼은 해드리고 싶었다. 그리고 나 역시 그 인사에 동참하였다.

우리 세 식구의 마지막이었다.

'어머니 지켜보고 계신가요?'
나는 속으로 되뇌었다.

아버지를 보내 드리고 나머지 장례를 진행하였다. 오는 손님들에게 일일이 감사를 표하고 씩씩하게 자리를 지켰다. 장례를 치르는 동안엔 눈물을 참고 조문객들을 맞이하였다.

6월 6일부터 8일까지 3일간 잠을 못 잤다. 3일째가 되어 발인 날이 되었다. 발인 시간은 이른 아침으로 잡았다. 직원이 시간이 되어 찾아왔고 운구 차례가 되었다. 고맙게도 친구들이 남아 주어 운구를 진행하였고, 제사를 간단하게 지냈다.

어머니에게 절을 하다가 울컥하여 잠시 주저앉기도 하였다. 제사 후에 천안 추모공원으로 향하는 버스에 올라탔다.

맨 앞자리에 앉아 남몰래 눈물을 훔쳤다.

40분 정도 달려서 추모공원에 도착하였고 바로 화장을 진행하였다. 눈물이 쏟아졌다. 타오르는 불길을 보면서 어머니가 편안하시길 속으로 빌었다. 어머니 생각이 더욱 간절해졌다. 어머니가 너무나도 보고 싶었다. 단 하루라도… 단 1분이라도 어머니를 보고 싶다. 한 마디라도 이야기를 나누고 싶다.

화장을 마치고 어머니는 천안 추모공원에 모시게 되었다. 어머니가 평소 좋아하는 흰색 화장 병에 모셨다. 이렇게 장례가 끝이 났다. 장례는 지인들의 도움으로 어찌어찌 끝냈지만 나는 앞날이 암담했다. 앞으로 어떻게 살아야 할지… 혼자 막막한 정도가 아니었다.

장례식 때 억제하였던 슬픔, 공황 등등 온갖 안 좋은 감정이 쉴 새 없이 올라와 죽고 싶었다. 혼자 있을 용기가 나질 않았다. 어머니를 따라가야 하나… 나는 정말 나쁜 놈이다. 하나뿐인 어머니를 저렇게 보내 드리다니….

생전에 어머니와의 기억 중, 막판 2~3년의 기억이 떠올라 너무나도 힘들었다. 어머니께 했던 안 좋은 이야기, 짜증들, 그리고 어머니 마음을 아프게 했던 기억들… 24시간 내내 떠올라서 가슴이 찢어질 것만 같았고, 극도의 슬픔과 죄책감에 시달렸다.

외가 식구 어느 누구도 나에게 뭐라 하는 사람 없었지만 나는 이미 죄인이었다. 나를 낳아 주신 어머니를 그렇게 보내 드리다니… 죽은 어머니는 말이 없고 남은 나는 마치 죄인처럼 덩그러니 남아있었다.

지인들과 주말을 보내고 회사로 출근을 하였다. 당장 서울에서 지내야 하기 때문에 당분간 친구 집에서 같이 있기로 하였다. 혼자 지낼 엄두가 나질 않았는데 그 친구가 참 고마웠다. 일단 첫 출근은 하였지만 어머니 생각에 제정신이 아니었다. 길을 걸어 다닐 때도 하염없이 눈물이 줄줄 나고, 가슴이 내려앉아 아무것도 손에 잡히질 않았다.

상사는 이럴수록 "이 악물고 일을 해라."라고 얘기해 줬지만 그 당시에는 어머니를 떠난 보낸 죄책감에 옴짝달싹할 수가 없었다. 어머니께 짜증을 냈던 일, 마음에도 없던 말을 했던 것들이 끊임없이 떠올라 제정신이 아니었다. 눈물이 멈추질 않고 가슴이 찢어지게 아파왔다.

일에 집중하지 못하고 하염없이 걸어 다녔다. 하늘이 무너지는 기분이었다. 형제도 없고 아버지께 이런 이야기를 할 수도 없어 모든 것을 혼자 감내해야 했다.

꿈…

어머니가 하늘나라에 가신지 2주라는 시간이 흐르고, 친구 집에서 자다가 새벽녘에 깼다. 꿈을 꾸었는데 생생하였다. 어머니께서 꿈에 나오셨다. 하얀 옷을 입고 하늘로 올라가시는 걸 내가 뒤에서 꼭 안아 드렸다. 느낌상 좋은 꿈이었다. 하얀 옷을 입고 계신 어머니를 안고 있는데 포근한 기분이 들면서 참 편안하였다. 아무 말 없이 꼬옥 안아 드렸다.

'부디 하늘나라로 편안히 올라가세요.'

그리고 잠에서 깨서 눈을 떴는데 내가 헛것을 본 건지 모르지만 웬 여자 형체가 창문에서 나를 향해 손짓하면서 서서히 사라져 가는 걸 목격하였다. 그 순간 어머니 영혼임을 알았다.

어머니 꿈은 신기하였고, 속이 시원한 기분이 들었다. 2주 만에 회사 일에 집중할 수 있었다. 물론 일을 하면서도 어머니 생각이 나면 어김없이 눈물이 났다. 길에서 눈물이 쏟아져 나와 울기도 하고 버스 안에서 울기도 하였다. 다만 이젠 버텨내는 힘이 조금씩 생겼다.

좋은 꿈을 꾸고 나니 마치 어머니가 하늘나라에 무사히 도달하신 거 같은 생각이 들었다. 이후 용기를 내기 시작하였고 매우 슬펐지만 어머니를 위해 열심히 살기로 결심하였다.

유품 정리⋯

장례를 치르고 서울로 거처를 옮겼다. 서울에서 계속 머무르고 있었기에 유품을 바로 정리할 수가 없었다. 그래서 평일에는 서울에서 일하고 주말마다 내려와서 어머니 유품을 정리하였다. 어머니의 유서대로 정리를 해 나갔다.

먼저 어머니 옷가지와 가방은 모두 기증을 하였다. 그리고 냉장고 정리하는 데 혼자 힘으로는 벅차서 온라인으로 집안일을 도와주시는 분을 구하였다. 냉장고에는 음식물이 가득 차 있었다. 내가 혹시나 밥을 굶지 않을까 해서 돌아가시기 전 많은 음식을 해 놓고 가셨다. 그분과 냉장고 정리를 하는데 그분이 집안의 가구와 냉장고를 마음에 들어했다. 마침 교회에 다니던 분이었는데 내가 가구와 물건을 정리하고 싶다고 하자 구입을 하여 교회 물품으로 쓰겠다고 하였다.

가구들은 어머니께서 직접 이천까지 가서 구매한 것들로 하나하나 가격이 나가는 것들이었다. 그리고 워낙 관리를 잘하셔서 10년이라는 시간이 지났음에도 새것과 같았다. 고맙게도 일하시는 분이 구입을 한다고 하셔서 바로 다음 날 물건을 수거하러 교회 사람들이 왔다.

서울에 올라가기 전에 물건을 정리하는데 마음이 참 착잡하였다. 어머니가 아끼던 것들을 이제 정리한다고 하니 기분이 가라앉으며 힘들었다. 혼자 눈물도 나고 힘들었지만 참아냈다. 그분들 덕에 시간을 단축하였고, 5개월 동안 주말에 내려와서 어머니 유품을 모두 정리해 나갔다.

어머니가 피아노 교습소를 운영하셔서 그랜드 피아노 1대와 일반 피아노 2대가 있었는데 그랜드 피아노는 애착을 많이 가지셨다. 20여 년을 사용했지만 워낙 관리가 잘되어 있어 새거나 다름없었고, 어머니는 그랜드 피아노는 내가 직접 사용하시길 바라셨다. 하지만 나는 서울에 올라가야 했고 워낙 덩치가 큰 피아노라 좀 애매한 부분이 있었다. 그러던 중 외할머니가 피아노는 정리하는 게 나을 거 같다고 말씀을 주셔서 정리하였다. 그리고 아끼시던 오디오가 있었는데 이것도 내가 사용하길 바라셨다. 어머니는 유서에 음악을 더 이상 듣지 못한다는 것을 슬퍼하셨는데 아들인 내가 본인의 오디오로 음악을 듣길 바라셨던 거 같다.

어머니 오디오는 어머니께서 돌아가시고 5년여를 가지고 있었는데 이제는 정리하기로 마음먹었다. 정리하고 더 좋은 오디오를 구입하여 어머니가 생전에 좋아하시던 음악을 들을 예정이다. 옷과 CD 등의 소지품은 모두 기증을 원하셔서 따로 모아서 모두 기증을 하였다. 유서에 있는 내용을 이행하기까지는 5년이란 세월이 걸렸다. 몇몇 소지품은 내가 정리를 못하고 몇 년 동안 품고 있었는데 이제 다 정리를 하였다.

어머니의 물건에 애착을 보이는 것보다 어머니를 가슴과 나의 머릿속에 묻기로 생각을 바꾸었다. 또한 무엇보다 어머니는 나의 행복한 모습을 보고 가장 좋아하실 거라 생각한다.

마지막으로 처리한 것은 어머니가 지은 집이었다. 온 정성을 다해 집을 지으셨고, 이 집에서 우리 가족이 행복하게 살기를 바라셨다. 그래서 생전에 더욱 애착을 많이 갖고 계셨다.

유서에 집 처분은 나한테 맡기셔서 돌아가신 지 5년 만에 집을 팔게 되었다. 집을 내놓자마자 타이밍 좋게 살 사람이 나타났다. 어머니의 유품을 갖고 있으면서 상념에 빠지기보다는 어머니를 위해 힘차게 살아가겠다는 나의 의지였다.

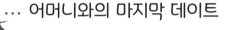

··· 어머니와의 마지막 데이트

어머니 유품을 정리하던 중 핸드폰 문자 내용을 보게 되었다. 하나하나 다 읽어 내려가는데 유독 한 내용이 눈에 띄었다. 지인에게 보낸 문자였는데 다음과 같았다.

"병도와 단국대 호수를 한 바퀴 걸었는데 주변에 예쁜 카페도 많고 조명이 너무나 예뻤어."

돌이켜 생각해보니, 돌아가시기 전 열흘 전쯤 회사 퇴근 후 어머니께 드라이브를 가자고 말씀드렸다. 어머니께서는 참 좋아하셨다. 어머니는 아버지와 이혼 후엔 외출다운 외출을 많이 하지 못하셨다. 피아노 교습소를 운영하셔서 나갈 일이 없으셨고, 마음이 통하는 친구도 없으셨다. 머리 수술을 하고 나신 이후론 나와 근처 등산을 가거나 산책, 마트 가는 것들이 어머니의 유일한 외출이셨다. 내가 어머니의 유일한 친구이자 남편이자 아들이었다.

드라이브는 천안 단국대 호수 공원에 가기로 하였다. 회사에서 스트레스받는 일도 있고 해서 어머니와 호수 근처를 한 바퀴 돌면 좋겠다는 생각이 들었다.

단국대 호수 공원은 학교 바로 앞에 위치해 있었고 호수를 한 바퀴 돌 수 있도록 산책로가 마련되어 있었으며 꽃과 나무가 풍성하였다. 그리고 호수 근처에 예쁜 카페도 있었고 조명이 환하게 산책로를 비추고 있었다. 그날따라 조명이 더 환하게 비추는 거 같았고, 사람들도 옹기종기 많이 나와 있었다.

나중에 안 사실이지만 어머니는 이 시간을 굉장히 좋아하셨다. 이제 살아갈 날이 얼마 남지 않았던 것을 아셨고 아들과의 마지막 데이트를 행복해하셨다는 것을 알 수 있었다. 아이처럼 어머니는 환하게 웃으며 좋아하였다.

아마 이때 어머니는 마음 정리도 하셨던 거 같다. 마지막 가시기 전 아들과의 데이트⋯ 나와 손을 잡고 걷는 동안 추억을 가슴에 담아 두고 마지막을 생각하셨을 것이다.

돌아가시고 알았는데 나와 데이트를 하고 3~4일 후에 농약을 구매하셨다. 어머니는 통증 때문에 나날이 힘들어하셨으며 치매를 걱정하셨다. 집안 살림 같은 예전에 능숙하게 하셨던 일들을 잘하지 못하셨다. 수술 후에는 괜찮으셨는데 몇 개월 사이에 통증이 심해지시면서 상태가 급격히 안 좋아지셨다. 6개월을 버티셨는데 한계에 봉착하신 거 같다.

본인도 힘든데 아들인 내 생각을 안 할 수가 없으셨을 것이다. 나는 서울에서 천안까지 매일 출퇴근을 하는 상황이었고, 회사에서 대전팀에 보내주지 않으면 회사를 관두겠다고 말씀을 드렸을 때이다. 어머니는 거기에서 생각하신 거 같다. 본인께서 내게 '짐이 될 수도 있구나'라고… 나의 사랑하는 아들을 위해 내가 비켜줘야 하는구나. 나의 앞길을 위해 극단적인 선택을 생각하신 거 같다.

어머니는 생전에 삶의 의욕이 많지 않으셨던 분이다. 다만 어머니 역할을 위해 삶을 이어 나가셨다. 나를 위해 오롯이 살았던 어머니가 마지막도 나를 위해 선택을 하셨다. 자식을 두고 극단적인 선택을 하셨던 어머니의 마음이 얼마나 아프셨을까… 나는 상상조차 되지 않는다.

그날 어머니 손을 잡고 호수를 도는데 마음이 평안해졌다. 다만 그 당시엔 몰랐다. 이것이 어머니와의 마지막 데이트가 될 줄은…. 그날 카페에서 좋아하시는 커피를 못 사 드린 게 마음이 너무 아프다. 마지막 데이트가 좋으셨는지 어머니께서는 호수에 유골을 뿌려 달라고 유서에 적어 놓으셨다.

장례 후 나는 도저히 유골을 뿌려드릴 수 없어 추모공원에 어머니를 모셔드렸다. 추모공원에 모신 이후 명절과 기일 때마다 단국대

와 추모공원을 오고 갔다. 그리고 5년이라는 시간이 흘렀고 2020년에 어머니 유골을 정리해 드렸다. 책이 출간되면 단국대 호수에 갈 생각이다.

 정신 센터

예전에 강박증을 겪을 때 나는 답답한 나머지 해결하기 위해 이 런저런 정보를 찾아보았다. 먼저 찾아간 곳은 정신과 병원이었다. 당 시 어머니도 우울증 증세로 약을 먹고 계셔서 나도 상담을 받기로 하고 병원에 방문하였다.

진료실에 들어가서 의사분과 이야기를 나누었다. 주로 내가 이야 기를 하였고 의사분은 내 이야기를 들어주었다. 그리고 약 처방을 내려 주었고 약을 먹어 보았다. 이야기를 해서 좀 후련한 것도 있었 지만 증상이 나아질 기미를 보이질 않아 천안에 있는 정신건강 복 지센터에 가기로 하였다. 여기는 우연히 도서관에서 광고를 보고 알 게 되었다.

센터에서 선생님을 배정받고 나의 증상을 이야기하였다. 주로 들 어주는 쪽이었고 나는 이야기를 하였다. 그리고 1~2주씩 약속을 잡 고 이야기를 하는 식이었다. 이때도 증상이 가라앉지 않아 몇 번 나가고 말았다.

예전에 정신이 괴로울 때 정신과와 정신센터를 가본 경험이 있어서 어머니 일을 겪고 서울에서 가볼 만한 곳을 찾아보았다. 지푸라기라도 잡는 심정으로 이런저런 정보를 습득하였다.

내가 동대문구에서 일을 하고 있어서 근처로 알아보았다. 마침 내가 병원 영업일을 하고 있어서 거래가 있는 정신과에 가서 원장님과 이야기를 나누었다. 나의 이야기를 풀어내었고 약 처방을 받았다. 그리고 원장님은 문자로 나의 상태를 질문해 주셨다. 그리고 예전 천안에서 정신센터를 가본 경험이 있어서 동대문구 정신건강 복지센터에 방문하였다.

담당 선생님을 배정받고 월요일마다 매주 상담을 받았다. 상담사분이 나의 이야기를 들어주었고, 매주 나의 상태를 체크 해주었다. 그 당시 일을 관둬야 하나 고민까지 했었다. 상담사분은 일을 안 그만두는 것이 좋겠다고 이야기를 해주었다. 매주 만나서 나의 일상을 체크해 보고 마음 변화에 대해서 이야기를 나누었다.

당시 어느 누구에게도 어머니 일을 말하기 쉽지 않은 상태라 센터에 와서 나의 마음을 털어놓았다. 1달 넘게 상담을 받았고 내 마음이 점점 회복되는 것 같아 출석을 안 하게 되었다.

그리고 인터넷 검색을 통해 유가족 모임도 알게 되었다. 아무래도 같은 일을 겪은 사람들과 이야기를 하고 나면 좀 나아지지 않을까 하는 마음에 참여하기로 마음을 먹었다. 이때가 어머니 돌아가시고

2주도 안 된 시기였다. 힘들게 근무시간을 보내고 퇴근 후 옷을 갈아입고 바로 강남역으로 향했다.

내가 조금 늦게 도착을 하였고, 한 남성이 이야기하고 있었다. 이 사람은 30대 초중반으로 보였고, 누나를 먼저 보냈다. 힘겹게 본인의 이야기를 하고 있었고 때때로 눈물을 흘렸다. 방안의 분위기는 무거웠으며 슬픈 분위기였다. 그러면서 사람들 모두 남자의 이야기를 집중해서 듣고 있었다. 15분 정도 남자가 이야기를 하였고, 다른 사람 차례가 되었다.

이곳은 자조모임이며 새로 신규로 온 사람은 본인의 이야기를 하는 시간이 주어졌다. 참여 인원은 10명 가까이 되었고, 신규로 4명 정도 왔다.

이야기를 들어보니 아내를 먼저 보낸 분, 자식을 보낸 분, 형제를 보낸 분 다양하였다. 나와 같은 일을 겪은 사람들이 이토록 많구나 놀랍기도 하였다.

내 차례가 되어 어머니 이야기를 하는데 몇 마디 하고 감정이 올라와 힘들었다. 주최 측에서 울음을 참지 말고 그대로 배출하라고 했는데 나는 참았다. 감정이 올라와서 말을 이어 나가기가 힘들고 꺼이꺼이 눈물이 나올 거 같았지만 꾹 참았다. 힘겹게 말을 이어 나갔고 사람들은 내가 일을 겪은 지 얼마 되지 않았다는 것을 알고 감정에 동조해 주었다. 정말 간신히 나의 이야기를 마칠 수 있었다.

거기에서 아들과 이별한 지 4년이 된 한 분이 본인의 이야기를 해 주었는데 그분도 감정이 올라오셨는지 눈물을 보이셨다. 4년이란 시간이 지나도 슬픔은 가시질 않겠구나 라는 생각이 들었다.

모임이 끝나고 어떤 한 분이 나에게 말을 걸어왔다. 본인은 아내와 사별을 하였고 서로 힘이 되어주면 어떠냐 하는 뉘앙스로 이야기를 하며 내 번호를 물어보았다. 번호를 교환하고 그분 카카오톡 프로필 사진을 보니 아내와 아들과 찍은 사진을 올려놓았다.

남김 말에는 기억은 잘 안나지만 슬픈 말이 적혀 있었다. 그 당시 나의 카카오톡 남김 말은 '어머니를 위하여' 였다. 어머니를 위해 열심히 살겠다는 나의 의지였다.

유가족 모임을 다녀오고 집에 가면서 여러 가지 생각이 들었다. 먼저 나와 같은 일을 겪은 사람이 생각 외로 많구나 하는 걸 느꼈다. 이때가 인생에서 가장 심적으로 힘들었다. 눈물도 줄줄 나오고 하루 종일 어머니 생각만 났다. 출근하면 정처 없이 길만 걸어 다녔다. 걸어도 눈물이 나오고 버스를 타도 눈물이 나고 주변에 사람들이 있어도 주룩주룩 눈물이 쏟아졌다.

밥을 어떻게 먹었는지 모른다. 그냥 생명을 연명하기 위해 먹었다. 앞으로의 미래도 전혀 보이질 않아 암담했다. 특히 잘못했던 행위, 말, 어머니께 했던 잘못한 행동만 하루종일 떠올랐다. 지옥이 따로 없었다.

꿈을 꾸기 직전까지 아무 일도 못하고 하염없이 걸어 다니며 나를 자책하였다. 나쁜 놈, 어머니를 그렇게 보내 드리다니 그리고 무엇보다 어머니가 너무나도 보고 싶었다. 단 하루만이라도 어머니를 뵐 수 있었으면… 어머니께 차마 못 드린 말이 셀 수 없이 많다.

유서…

어머니는 세상을 떠나기 전날에 유서를 작성하고 어머니 책상에 가지런히 놓아두셨다. 2장의 유서였는데 한 장은 외할아버지, 외할머니를 향한 유서였고, 나머지 1장은 나를 위해 남기셨다.

어머니 부모님을 위한 유서에는 아들인 나를 잘 부탁드린다는 내용이 대부분이었다. 가시는 길에도 내 걱정을 하셨던 어머니시다. 그리고 나를 위한 유서에는 여러 내용이 적혀 있었다.

먼저 왜 본인이 이런 선택을 하셨는지에 대한 이야기가 적혀 있었다. 마약 진통제가 듣지 않는 통증을 더 이상 참기 힘들었으며, 점점 약해져 가는 본인을 감당하기 어려웠다고 하셨다. 그리고 나에게 짐이 될까 봐 염려를 많이 하셨다. 본인이 점점 아프면 아들인 내게 짐이 되고 앞길을 막을까 봐 마음이 쓰이신 거 같다. 또한 어머니가 아끼시는 피아노와 오디오, 소지품에 대한 처리방법, 그리고 앞으로 내가 살아가면서 가져야 할 자세 등등 끈기를 갖고 살아가라는 어머니의 뜻이 담겨 있었다.

그리고 미안함이 담겨 있었다. 나를 두고 먼저 떠나간다는 미안함이 유서에 가득 묻어났다. 그러면서도 내가 잘 살아갈 수 있도록 여러 정리를 해 놓으셨다.

나는 행복하게 살아가라는 어머니의 마음이 느껴졌다. 죽음을 앞두고 어머니는 담담한 어투로 작성을 하셨는데 유서를 작성하시는 어머니의 마음은 어떠셨을까, 자식을 두고 떠나시는 어머니의 마음은… 상상이 가질 않는다.

또한 어머니는 더 이상 음악을 듣지 못한다는 사실을 슬퍼하셨다. 한평생 외롭게 살아가면서 음악을 정말 사랑하셨던 분이시다. 나중에 가장 품질이 좋은 오디오를 구입하여 어머니가 생전에 좋아하셨던 곡들을 들을 것이다. 그 모습을 보고 어머니가 기뻐하셨으면 좋겠다.

사십구재…

어머니는 스스로 목숨을 끊으셨고, 이것이 혹여 나에게 좋지 않은 영향을 끼칠까 봐 염려하신 거 같다. 그래서 유서에 천도재를 지내야 나에게 나쁜 영향이 없다고 적어 놓으셨다. 외가가 불교 집안이다 보니 그 영향이 있었던 거 같다.

외할머니도 진행하는 게 좋을 거 같다고 하여 외할머니가 오래 알아오던 절에 의뢰해 제사를 지냈다. 그리고 어머니가 돌아가신 지 49일 후 사십구재 시간이 되었다.

어머니가 자주 쓰시던 짐을 따로 챙겨서 홍성에 내려갔다. 외할머니가 잘 알던 절에 가서 사십구재를 시작하였다. 절에서 진행을 전적으로 맡아서 나는 그대로 따랐다. 단지 나는 마음속으로 '어머니 하늘나라에 편히 올라가세요. 아들은 어머니 몫까지 열심히 살겠습니다.'라고 되뇌었다.

먼저 절 안에서 진행을 하였다. 목탁소리가 울리기 시작하였고 불교식으로 사십구재가 진행되었다. 스님들은 불경을 외우면서 영혼을 추모하였다. 나는 절도 하면서 마음속으로 기도를 하였다. 나는 종교가 없었기에 생전 처음 기도를 해보았다. 안에서 의식을 마치고 절 밖으로 나와 나머지 순서를 진행하였다. 밖에서 의식도 비슷하였다. 목탁 소리와 불경 외우는 소리가 절을 가득 메웠다.

사십구재의 마지막은 어머니의 소지품을 태우는 일이었다. 평소 자주 쓰시던 것들을 가져갔고 불에 활활 태워 버렸다. 마지막에 자주 입으시던 잠옷을 태우는데 묘한 기분이 들었다. 하늘로 올라가는 연기처럼 어머니 영혼도 편안히 하늘나라에 가셨으면 하는 마음이 들었다.

'부디 하늘나라에서는 마음 편히 행복하게 지내세요. 어머니.'

아들도 지상에서 행복하게 살아가겠습니다.

에필로그 1···

나는 35년 이란 인생을 살아오면서 "왜 대체 이런 일이 나에게 일어났을까?" 하는 의문이 많았다. 부모님의 이혼, 18세 때 뇌병변, 어머니의 아픔, 그리고 어머니의 선택, 아버지의 질병까지···.

어릴 때부터 대체 왜 나한테 이런 일이··· 하는 의문이 많았고, 성인이 되어서도 의문은 풀리지 않았다. 괴로운 시간이 지나고 이제는 좀 나아질까 했는데 어머니께서 돌아가시고 말았다.

어머니가 돌아가신 이후 정신적으로 많은 변화가 있었다. 어머니가 객관적으로 보였으며 내가 몰랐던 부분이 너무나도 많았다. 자식의 입장에서 부모님의 마음을 미처 헤아리지 못해 가슴이 아파왔다. 어머니 장례를 치르고 난 후 슬픔에 갇혀 아무것도 하지 못했던 시절도 있었다.

이제는 인생을 다르게 살아가려 한다. 하늘나라에 계신 어머니를 그리워하고 슬퍼하며 시간을 보내기보다 활기차게 재밌게 인생을 살아가려 한다. 이것이 바로 진정 어머니를 위한 길이라 생각한다. 슬픔에 잠겨 있기보다 어머니께서 나의 걱정 안 하시고 안심하실 수 있도록 행복하게 살아갈 것이다. 세상의 모든 부모님들이 그러하듯 부모는 자식이 행복할 때 가장 행복할 것이다. 그래서 내가 행복하게 살아야 한다.

마지막으로 어머니에게 아들이 올리는 말입니다.

어머니의 아들 임대길은 한 가지 사명을 갖고 세상을 살아가려 합니다. 어머니께서 다시 세상에 태어나실 때 지금보다 나은 세상이 될 수 있도록 저의 모든 것을 바칠 생각이며, 즐겁고 행복하게 인생을 살아갈 것입니다.

어머니께서 못 누리신 것들 다 체험해 보려 합니다. 좋은 옷도 입어보고 좋은 식당에도 가보고 외국에도 많이 나가 보려 합니다. 어머니 생각에 슬픔에 사로잡혀 있기보다는 제가 어머니 대신 체험을 하겠습니다. 그러니 어머니! 부디 제 걱정은 마시고 좋아하는 음악 많이 들으시고 행복하시길 기도합니다.

아무래도 제가 태어난 이유는 더 나은 세상을 만들기 위해 이 지구에 온 것 같습니다.

어머니께서 저의 어머니라서 정말 행복했습니다. 어머니 항상 감사드리며 다시 만나는 날 웃는 얼굴로 뵙고 싶습니다. 부디 다시 만나는 날까지 건강하세요!!

사랑합니다. 어머니

대길이 엄마 김미자

나의 첫 이름은 임병도이며, 현재는 임대길의 이름으로 살고 있다. 사람은 이름대로 살아간다고 '병도'라는 이름은 '병'과 관련이 많았다. 그리고 현재는 '도'를 닦듯이 정신적인 영역에 대한 공부를 하고 있다.

다른 인생을 살고 싶어서 개명신청을 하여 '임대길'이라는 이름으로 살고 있다. 임대길이란 이름으로 개명을 한 후 제약업계에 취직을 하게 되었고, 직접적인 병 체험은 이제 멈추었고, 환자를 치료하는 의사와 간호사분들을 만나고 있다.

나의 어머니의 본명은 '김미자'이다. 어머니는 살아생전 3가지 이름을 갖고 계셨는데 '김미자', '김재희', '병도 엄마'이다. 어머니들은 결혼하고 나면 본인의 이름보다 'ㅇㅇ엄마'라고 불릴 때가 많다. 내

어머니는 일을 하셔서 성인이 된 이후로 '김재희'란 이름으로 가장 많이 불리셨다.

어머니는 본명의 이름(미자) 뜻처럼 아름다움을 추구하셨다. 그 진가는 집을 지으실 때 나타나셨다. 건축 전공이 아니었음에도 직접 디자인 일에도 참여를 하셨고, 집안 곳곳 일일이 하나하나 정성을 다하셨다. 당시 생소한 노출 콘크리트로 외관을 지었고 마당에는 공수해 놓은 소나무 두 그루를 심어 놓으셔서 마당을 돋보이게 꾸미셨다. 집안 가구도 이천까지 가셔서 가구를 공수해 오셨고, 내부 인테리어도 손수 꾸미셨다. 가구는 딱 필요한 것만 들여놓으셨고 심플하게 집안을 잘 꾸며 놓으셨다.

주방은 흰색 계열로 꾸미셨고 그에 맞는 그릇까지 장만해 놓으셨다. 어머니는 또한 옷차림에도 신경을 많이 쓰셨다. 외출하실 때는 심플하면서 멋스럽게 옷을 입으셨고, 남자 옷 코디도 잘하셔서 아버지는 근무하시는 학교에서 '빈폴 사나이' 혹은 '멋쟁이'라고 불리셨다.

그리고 심미적인 아름다움을 추구하셨다. 음악을 너무나도 사랑하셨으며 아침부터 은은한 클래식 음악을 즐겨 들으셨다. 음악을 들으시면서 커피를 직접 로스팅해서 드셨는데 아침에 그 모습을 바라보면 어머니 모습이 참 멋지셨다.

다만 어머니는 본인의 이름을 좋아하지는 않으셨다. 이름 자체가 조금 촌스러운 이미지가 있으셔서 그런지 학원을 개원하실 때는 '김재희'라는 이름을 사용하셨다.

　어릴 때 김재희란 이름이 더 잘 어울린다는 말을 우연히 들으시고 일하실 때는 '김재희'라는 이름을 쓰셨다. 그리고 내가 개명 승인을 받고 난 후 생전에 몸이 너무 아프셔서 '김재희'란 이름으로 개명신청을 하셨는데 승인이 나기 전에 돌아가시고 말았다.

　'병도 엄마'로서의 어머니는 나에게 최선을 다하셨다. 어린 마음에 부담스럽기도 하고 어머니 곁을 벗어나고 싶었던 적도 있었지만, 어머니의 희생과 정성이 있었기에 지금의 내가 있는 것이다. 나에게 많은 것을 물려 주셨으며 어머니가 계셨기에 나는 일탈하지 않고 인생을 살 수 있었다.

　어머니도 25살이란 어린 나이에 아버지와 결혼을 하다 보니 많은 시행착오를 겪으셨던 거 같다. 좋은 상황이든 나쁜 상황이든 어머니는 외부 상황에 굴하지 않고 최선을 다하셨다.

　아버지와 다툼 속에서도 나를 지켜주셨고 내가 질병으로 고생했을 때도 힘든 티 한 번 안 내시고 나를 정성으로 간호해 주셨다. 아버지와 결별 후에도 가장의 역할과 어머니의 역할을 동시에 해내셨다. '병도 엄마'는 가족을 배신하지 않고 끝까지 책임지는 책임감 강한 여자였다. 우리 엄마 이름은 '김미자'다.

제2부

⋮

임대길의
이야기

°

터…

터와의 인연

나는 아산에서 태어나 3살 때부터 천안에서 살게 되었다. 아산에서 태어나게 된 것은 아버지의 직장 때문이다. 이후 3살 때 아산에서 천안으로 터를 옮긴 것 역시 아버지 직장의 이동 때문이었다.

어릴 때 살게 되는 터는 부모님의 영향이 가장 크다. 아버지가 천안에 있는 학교로 발령받은 이후로 우리 가족은 쭉 천안에서 지내게 되었다. 자연히 나는 천안에서 학창시절을 보내게 되었고, 고등학교를 천안에서 졸업하였다. 졸업 후 재수를 시작하였는데, 보통 서울이나 타 지역으로 가는 친구들도 많았지만 나는 천안에 남았다. 잠깐 21살 때 노량진에서 4개월 정도 생활을 했었는데 나는 버티질 못하였다. 집 생각도 나고 어머니 생각도 나고 해서 다시 천안으로 돌아왔다.

그 당시는 내가 서울에 올 타이밍이 안 되었던 것이다. 23살 때 대학 합격 후 서울, 대전, 청주에 있는 대학을 고민하였는데 아버지가 청주에 있는 학교로 의견을 주셔서 나는 청주에 가게 되었다. 나도 별생각 없이 청주에 있는 충북대학교로 정하고 다니게 되었다. 중간중간 서울로 편입을 할까 말까 고민도 했지만 결국 청주에서 학교를 마쳤다.

통상 취직이 되면 타 지역으로 넘어갈 수 있는 기회가 있는데 나는 취직이 안 되어 천안으로 다시 돌아왔다. 여기까지 살펴보면 30년이란 세월을 천안, 청주(대학생활), 대전(친구들), 홍성(친척들) 등등 충청도 안에서만 움직였다.

이후 28살 때 어머니 수술로 잠깐 서울에 3주 정도 체류하였고, 그때 나는 무의식적으로 결심을 했다. 나는 언젠가 서울에서 살고 싶다고…. 서울의 넓은 도로와 높은 건물들이 눈에 들어왔다.

어머니도 어릴 때 주말마다 나를 서울로 데리고 다니시면서 미리 서울을 보여 주기시도 하였다. 어머니도 무의식적으로 아신 게 아닐까? 본인의 자식이 살아갈 곳을 미리 보여주신 게 아닐까 하는 생각도 든다.

29살 때 나는 취직이 되었고 여기서 터의 변곡점이 생기게 되었다. 당시 나는 어머니 건강도 좋지 않으시기도 하고 충청도 안에서만 생활했기에 대전팀을 지원하였다. 일주일간의 짧은 연수를 마치고 서울 본사에 오게 되었는데 당시 나를 뽑아주었던 이사님이 대뜸 "너는 서울에서 일해라."라고 이야기를 해주었다. 그리고 난 후 서울에서 생활이 시작되었다.

당시 그 임원분은 나를 서울로 이동시켜 주었던 귀인의 역할을 한 사람이다. 취업과 동시에 인연을 통해 터를 옮길 수 있게 되었다. 어릴 때는 부모님의 영향으로 충청도에서 활동하였고, 때가 되어 취직하게 되면서 서울로 터를 옮기게 되었다.

여기서 또 한 번 나에게 제안이 들어왔다. 차장님이 나를 불러 "부천에서 일하는 건 어떠냐? 네가 통근을 해야 하는데 부천에서 하면 괜찮을 거 같다."라고 말했다.

신입사원이었던 나는 여기서 배짱을 부렸다.

"저는 서울에서 일하고 싶습니다."

이때 아니면 다시는 서울에서 일하지 못할 것이라는 느낌이 있었다. 서울에서 천안으로 6개월 정도 통근을 했는데 어머니가 돌아가셨고 장례 후 천안 생활을 정리하고 서울로 오게 되었다. 서울에서 첫 터를 송파구로 잡았는데 그 이유는 친구의 영향이었다. 어머니를 여의고 정신이 없었는데 고맙게도 고등학교 때 친구 집에서 3개월 동안 같이 살게 되었다. 친구는 먼저 서울에 올라와 서울 송파구에 거주 중이었다.

여기저기 산책도 하면서 둘러 보니 살아도 괜찮다는 생각이 들어 송파구에서 서울 생활을 시작하였다. 서울에 아무 연고도 없어서 밟아 보고 적응을 한 지역에서 살기 시작한 것이다.

임병도는 천안에서 살았고, 임대길은 서울에서 살게 되었다. 나의 경우에서 보듯이 사람의 터는 인연에 의해 정해지는 경우가 많다. 태어나서 고등학교 때까지는 부모님의 영향이 가장 크고, 학창시절 이후는 대학교나 취직에서 터가 정해진다. 중간에 인연이 개입되어 터를 옮겨 주기도 한다.

나의 경우를 생각해 보면 적절한 타이밍에 인연이 나타나 나를 서울로 불러 주었다. 아마도 중간에 인연이 배치되어 있지 않았다면 서울로 올라오는데 시간이 꽤 걸렸을 것이다.

어떤 사람은 한 지역에서 태어나서 평생 살기도 하고 어떤 사람은 때가 되면 다른 지역으로 이동을 한다. 이 흐름은 우연인 듯 보이지만 사람마다 정해진 항로가 있다고 생각한다. 한 지역에서 사는 사람은 본인도 이동할 생각을 잘하지 않는다. 그리고 기회 또한 잘 생기지 않는다. 다른 지역으로 갈 사람은 적절한 타이밍에 기회가 오고, 인연이 들어오며 이동을 하게 된다.

글을 읽어 보시는 분들도 한 번쯤 본인이 사는 터와 지역에 관해 생각해 보시는 것도 좋을 거 같다. 내가 이 터에 어떻게 오게 되었는지, 앞으로 이동을 하고 싶은지, 아니면 이동을 하지 않고 쭉 이 터에서 살고 싶은지 등등을 말이다.

이런 식으로 생각을 하다 보면 자신의 인생이 조금 더 입체적으로 보이며 살아온 흐름도 보이게 될 것이다. 그러다 보면 앞으로 본인이 가야 할 미래도 볼 수 있을 것이다. 혼자 스스로 본인의 환경(터, 배치되어 있는 인연 등등)에 대해 생각해 보는 것, 이것이 더 나은 인생을 위한 첫 발걸음이 될 수 있다고 생각한다. 과거와 현재가 이해되어야 비로소 미래로 나아갈 수가 있다. 더 나은 미래를 거부하는 사람은 이 세상에 없을 것이다.

우리 집 강아지가 도망가다

나는 어릴 때 단독주택에 살았고 강아지를 좋아하여 성인이 될 때까지 여러 마리의 개를 키웠다. 집에 마당도 있었고 음식도 영양가 있게 해주어 강아지들 때깔은 아주 좋은 편이었다. 그리고 어머니 학원 시간을 제외하고 줄에 묶어 놓지 않고 풀어 놓아 강아지는 항상 마당을 제집처럼 사용하였다. 그리고 나도 개와 시간을 많이 보내면서 사랑을 주었다. 근데 이렇게 애정을 줬음에도 개들은 얼마 못 버티고 집을 나가 버렸다. 어쩌다 대문이 열리면 개들은 밖에 나갔고 정신없이 뒤도 안 돌아보고 뛰어 나가버렸다.

정말 신기하게도 어머니, 아버지가 사시는 동안 항상 개가 집 밖으로 나가 버렸다. 한두 마리의 강아지가 집을 나간 게 아니었다. 하루는 평일 아침에 잘 지내던 강아지가 낑낑거리면서 서럽게 우는 소리를 내었다.

아버지는 이상하게 생각하시고 문을 열어주었는데 개는 뒤도 안 돌아보고 득달같이 집을 나가버렸다. 다섯 마리 정도 그렇게 강아지들을 잃어버렸고 아버지가 집을 나가신 이후부터는 개가 집을 나가지 않고 생이 다할 때까지 살았다. 동물적인 감각으로 개들이 집안의 분위기를 알아챈 건지 지금 생각해 보면 희한한 일이다.

아버지에 대한 단상···

아버지의 질병을 알게 되다

2019년 6월 6일 어머니 기일 4년째 되는 날, 나는 아버지 그리고 새어머니와 식사를 하게 되었다. 어머니가 돌아가신 후, 그동안 나의 오해로 새어머니와의 관계는 단절되고 말았다. 아버지만 가끔 소식을 주고받으며 만남을 가졌었다. 그렇게 4년이란 세월이 흐르고 나는 관계를 다시 시작하고자 마음을 먹고, 두 분을 모시고 식사 자리를 가졌다.

내가 먼저 대화의 물꼬를 텄고, 이후 새어머니도 이야기를 시작하셨다. 이렇게 만나서 이야기 나누면 금방 해결될 것을 4년 동안 지체를 했었다. 참으로 마음이 좁았던 나였다.

당시 식사 자리에서 아버지는 질병을 갖고 계시다고 말씀하시면서 내가 신경 쓰지 않아도 된다고 하셨다. 나는 옆에 새어머니도 계시고 해서 크게 생각하지는 않았다. 분위기가 좋았던 식사를 마치고 나는 가벼운 마음으로 서울에 올라올 수 있었다. 아버지도 모처럼 즐거운 식사 자리였다며 자주 보자고 말씀하셨다.

그렇게 3주의 시간이 지났을까?

일을 마치고 집에 가는 길에 아버지 전화를 받았다. 아버지는 질병에 관해 나에게 이야기를 해 주셨다. 2019년 1월에 파킨슨병을 진단받으셨다고 하셨다. 순간 모든 것이 정지하는 느낌이었다. 파킨슨병이면 예전에 권투 선수 무하마드 알리가 겪었던 병인데, 그 질병을 우리 아버지가?

파킨슨병은 치매와 함께 대표적인 신경퇴행성 질환 중 하나인데 도파민 신경세포의 소실로 인해 발생하는 신경계의 만성 진행성 퇴행성 질환이다. 주 증상은 서동증(운동느림), 안정시 떨림, 근육 강직 등이 있으며 비운동적 증상도 발현이 되기도 한다. 적절한 치료를 받지 않으면 운동장애가 발생하여 일상생활을 유지하기 어려워질 수 있고 다양한 합병증이 도사리고 있어 무서운 질환이다.

어머니에 이어서 이제는 아버지까지? 왜? 도대체 왜?

부모님 두 분 모두 유전병도 없으셨는데, 두 분 모두 뇌 관련 질병에 걸리시다니… 아들인 나도 뇌병변에 고통받은 적이 있고…. 우리 가족은 대체 왜???

아버지의 얘기를 듣는 순간 감정이 복받쳐 올라왔지만 아버지 앞에서는 감정을 드러내지 않았다. 예전에 부모님이 아픈 내 앞에서 감정을 절제하셨던 것처럼 나도 최대한 티를 내지 않았다.

내가 무너지면 아버지도 무너진다.

"아버지 꼭 희망을 가지세요. 저도 뇌병변 극복하고 완치되었습니다. 지금은 누구보다 건강하게 살고 있어요. 아버지도 꼭 그렇게 되실 겁니다. 이겨내실 수 있어요."

기운을 차리고 긍정적인 메시지를 전달해 드렸다. 전화 통화를 마치자마자 감정이 밀려오기 시작하였다. 또다시 가슴이 덜컥 내려앉았다. 어머니 때 겪었던 감정을 또 느끼고 싶지 않았는데… 나는 정말 죄가 많은 놈이구나.

심리적 공황 상태가 왔다. 어머니를 보내 드리고 아버지와의 관계성을 풀고 미래로 나아가고 싶었는데 아버지의 질병이라니… 아버지의 질병은 생각지도 않았다. 나는 이제는 질병과 멀어질 줄 알았다. 다시는 겪고 싶지 않았는데… 유전병도 없는 집안인데 파킨슨병이라니…. 받아들이기가 쉽지 않았다.

당사자인 아버지는 오죽 힘이 드셨을까? 그래도 하늘이 원망스럽지 않다. 이것 또한 분명히 이유가 있을 것이다.

가슴이 무너졌던 나에게 새어머니는 빛이 되어 주셨다. 정말 감사하게도 새어머니는 나에게 말씀하셨다.

"대길아! 너는 너의 인생을 살아가거라! 아버지 옆에는 내가 있다. 아버지가 상태가 더 안 좋아지더라도 아버지 곁을 절대 떠나지 않을 것이다. 너는 너만 신경 쓰고 살면 된다. 아버지는 나한테 맡기거라. 너는 너의 길을 가고 행복하게 살면 된다. 아빠와 나는 지금도 행복하다."

정말 다행이었다. 내 어머니는 옆에 아들인 나 하나였는데 아버지 옆에는 새어머니가 계셨다. 새어머니는 임씨 집안의 귀인이시며 나와 아버지의 귀인이시다.

나의 아버지는 예전부터 말씀이 없으셨다. 하고 싶은 이야기도 속에 담아두고 어느 누구에게도 이야기하지 못하셨다. 더군다나 내 어머니는 남편에게 살갑고 부드러운 아내가 아니었다.

아버지는 그나마 술의 힘을 빌려 속 이야기를 하셨다. 그래서 그렇게 술을 드셨던 것이다. 속 이야기를 하면서 정신을 순환하셔야 했는데 내 아버지는 속에 차곡차곡 담아 두셨다. 충청도 남자는 원래 말이 없다고 하여도 내 아버지는 특히 속 이야기를 하지 않으셨다. 맨정신으로 못하시는 이야기를 술의 힘을 빌리셨는데 결국 이것이 아버지의 발목을 잡게 되었다. 술 때문에 어머니와 이혼을 경험하셨고 많은 손해를 보시게 되었다. 결국 속으로 곪고 곪아 이것이 물질적 병으로 나타나게 된 것이다. 성인이 되어 나는 아버지에게 여쭈어보았다.

"아버지는 본인의 생각을 잘 말씀하지 않으셨나요?"
"그랬지. 그래서 술의 힘을 빌려 이야기를 했었는데 결국 그게 나의 발목을 잡았다."

내면에 쌓아 두지 말고 배출해야 한다. 내 안의 것들을 이야기해서 순환을 시켜야 물질적으로 병이 오지 않는다. 아버지의 아들인 나도 그런 성향이 있다. 부모님의 사이가 안 좋아 긴장감이 팽팽하였을 때 나는 아무 이야기도 하질 못하였다. 그저 괴로워만 하였다.
내 어머니는 맏이로 태어나 어릴 때부터 엄마 노릇을 하였다. 외할아버지와 외할머니의 스트레스를 온전히 받아 내었고 불평 한마디 않으시면서 속에 담아 두셨다. 결혼생활에서도 어느 누구에게도 본인의 속마음을 이야기하지 못하였다. 결혼 후에도 남편인 아버지와 소통을 하지 못하셨다. 외로운 결혼생활을 하셨던 어머니이다. 결국 아버지, 어머니, 나 모두 병원에 가게 되었다.

마음에 걸리는 게 있다면 꼭 이야기해야 한다.
"이런 것까지 얘기를 해야 하나? 내가 참지 뭐."
이런 생각이 든다면 부드럽게 걸리는 것에 대해 이야기해야 한다.

얘기해야 상대가 알아듣는다. 쌓아 두지 말고 미루지 말고 바로 이야기를 해야 한다. 그게 바로 본인을 위하고 상대도 위하는 길이다.

다행히 아버지 옆에는 새어머니가 계셨다. 나를 낳아 주신 어머니는 외롭게 병을 앓다 가셨지만 감사하게도 아버지 옆에는 새어머니가 계셨다.

나에게는 어머니가 두 분 계시다. 한 분은 하늘나라에 계시며, 다른 한 분은 내 아버지 옆에 계시다.

이제 이 질병의 고리를 끊어 내고 새 인생을 살아가고 싶다. 나와 내 부모님은 질병까지 오는 결과를 맞이하였지만 이것은 나의 대에서 끝이다. 내가 종결할 것이다.

나의 부모님과 나의 모순점을 통합하고 이것들을 더 이상 반복하지 않으려 한다. 이것이 진정 가문을 위한 일이라 생각하고 가문이 안정되고 이것이 선순환되어 사회의 정화에도 힘을 보탤 수 있다고 생각한다.

사회의 변화는 작은 부분에서 시작이 된다. 미세한 부분의 변화일지라도 이것의 간섭 효과는 꼭 일어날 거라 믿어 의심치 않는다.

가정이 안정되어야 사회가 안정될 수 있는 법이다. 먼저 나를 바로 잡고 우리 가문의 문제점을 바로 잡아 더욱 진화되고 세련된 내가 될 것이다. 그렇게 새로운 내가 되어 사회에서 일을 해 나가고 싶다.

지금보다 조금이라도 나은 세상을 만들어 가고 싶다.
다시 태어나실 어머니를 위해….

어머니와 아버지의 사이는 좋지 않으셨지만 자식인 나를 최선
을 다해 키워 주셨다. 나에게 결핍을 주지 않으시려고 노력하셨
다. 두 분은 아들인 나를 위해 많은 희생을 하셨다. 지금의 나는
오롯이 부모님의 작품이다.

나의 어머니 두 분은 똑같이 말씀하셨다.

"대길아! 너의 길을 가라! 자유롭게 행복하게! 너의 인생을 살
아가라!"

지금은 미약할지라도 나는 내 인생을 멋지게 살아갈 것이다.
내 부모님이 못하셨던 일들을 다 해볼 것이다.

아버지, 성공하는 아들의 모습을 보고 힘내시길 바랍니다. 투병
하는 아버지를 생각하면 가슴이 미어지지만 그럴수록 더 행복하게
잘 살겠습니다. 슬픔에 침잠 되지 않고 밝은 미래를 만들어 가겠습
니다.

저는 아버지에게 별이 되어 드리고 싶습니다.

언제나 반짝반짝 빛을 내며 떠 있는 별.

아버지를 환하게 비추어 드리고 싶습니다.

아버지가 기쁠 때나 슬플 때나 언제나 빛나는 별.

별을 보고 힘내세요. 아버지!

과거를 대면한다는 것은 잊혔던 기억들을 꺼내는 것이라 불편함을 느낄 수도 있습니다. 그렇지만 언젠가는 다시 꺼내어 밝은 빛을 받아야 치유가 된다고 생각합니다.

그동안 고생 많으셨습니다. 아버지. 이제는 가벼워지셨으면 좋겠습니다. 자유롭게 사셨으면 합니다. 아버지를 누르고 있던 무거운 것들을 훌훌 털어내시고 그동안 못해보신 것, 하고 싶은 것 하시면서 새어머니와 행복한 인생을 맞이하시길 바랍니다.

아버지가 가르쳐주는 수학 공부

나의 아버지는 교수에 대한 열망이 있으셨다. 대학 때 학업에 충실하지 못한 것에 아쉬움을 가지고 계셨고 그래서 근무하시면서 대학원에서 박사학위까지 마치셨다. 어릴 때 내 장래희망 적는 란에 '대학교수'라고 대신 적어주시기도 하였다.

내 이름도 '김병도'라는 대학교수의 이름을 따서 지어 주셨다. 어린 마음에도 부담이 있었다. 어릴 때부터 직감적으로 알았다. 책상에 앉아 공부하는 건 나와는 맞지 않는다고.

초등학교에 입학하고부터 아버지와 공부를 하였다. 어릴 때 남들 다 다니는 학원도 안 가보았고 학습지도 하질 않았다. 손재주가 없어서 초등학교 6학년 때 잠깐 미술학원을 다닌 게 전부였다.

공부는 아버지와 많이 하였다. 아버지가 케어를 해주실 때는 성적을 잘 받았고 손을 안 써 주시면 성적은 평범하였다. 중학교 때부터는 수학만 봐주셨는데 체계적으로 공부를 가르쳐 주셨다. 증명할 때도 Pf)를 빼 먹고 하면 혼이 났고 문제를 풀 때도 역시 Sol)이라는 표시를 적고 풀이를 적어 나갔다.

여기서 Pf)는 Proof라는 증명의 뜻을 가진 영어 단어의 약자이고 Sol)은 Solve의 약자이다. 수학은 답을 찾는 것보다 과정을 중시해야 한다고 하시면서 가르침을 주셨다.

2차 방정식을 배울 때도 공식만 외우질 않고 증명과정을 모조리 습득하였다. 완벽하게 될 때까지 풀이과정을 세세히 적어가면서 증명을 하여 20년이 지난 지금도 증명을 할 수 있다. 마치 학자에게 수학을 가르치듯이 하셨는데 나에게는 맞지 않았다.

당시 공부를 잘하지 못해서 항상 아버지와 공부를 할 때 주눅이 들어 있었다. 아버지는 나에 대한 기대가 크셨는지 뭔가 더딘 느낌이 들면 화도 많이 내셨다. 아버지도 자식 앞에서는 감정절제가 되질 않으셨다. 나는 어릴 때 소심하여 아버지가 화를 내면 낼수록 제

정신 상태가 아니라 실수를 연발하였다. 이게 약간 트라우마가 되었는지 커서도 뭔가 심리적으로 위축되는 상황이 생기면 정신이 혼미해져 멘붕 상태가 되었다.

부모님께 공부나 어떤 걸 배워 본 사람은 나의 이야기에 적극 공감할 것이다. 혈육 관계에서는 공부가 잘되질 않는다. 부모님이 공부를 봐주는 건 좋다고 보는데 전적으로 학습을 맡을 경우 역효과가 날 수도 있다.

부모의 꿈을 자식에게 투영을 시키면 자식은 상당한 부담감을 느끼게 된다.

특히 부모가 가르치는 입장에서는 감정이 엮여 있기 때문에 자식이 조금만 기대치를 벗어나도 분통이 터지기 쉽다. 자식이 헤매는 모습을 보이면 답답한 마음이 표출되는 것이다. 그러다 보면 맘에 없는 소리를 하게 되고 서로 할퀴기 마련이다. 가르치는 사람이나 배우는 사람이나 서로에게 득보다는 실이 더 많다. 물론 예외가 있을 수는 있지만 가급적이면 사교육에 맡기거나 다른 방법을 찾는게 정신건강에 좋다.

아버지의 편지

어머니 유품을 정리하던 중에 아버지가 이혼하시기 전 어머니에게 쓴 편지를 발견하였다. 내가 캐나다 가기 전에 쓰셨던 2통의 편지였다. 어찌나 마음이 급하셨는지 메모장 하나를 쭉 뜯어서 아침에 쓰셨던 거 같다. 예전에 읽어 보았을 때는 아버지의 마음이 잘 다가오지 않았으나 시간이 지나고 지금 읽어 보니 아버지의 가족에 대한 책임감과 나에 대한 속사랑을 알 수가 있었다.

아버지는 진심으로 어머니에게 사죄하고 단 한 번의 기회를 요청하셨다. 인생 마지막 기회를 어머니에게 요청하셨다. 자존심이 강하셨던 아버지가 그 순간만큼은 내려놓으셨다. 가족을 지키기 위해 자식인 나를 위해 아버지는 모든 걸 내려놓고 무릎을 꿇으셨다.

한 글자 한 글자 절절함이 묻어나 있었다. 끝까지 무슨 수를 써서라도 가족을 지키고 싶었던 아버지의 마음이 진하게 느껴졌다. 그리고 나에게 상처를 주고 싶지 않으셨던 아버지의 뜻을 이제는 알 수가 있었다. 하나뿐인 아들에게 온전한 가정을 만들어 주고 싶었던 아버지… 그래서 이혼 후에도 집을 나가시지 않으셨다. 나를 위해….

쉽게 마음을 열지 않았던 어머니에게는 사실 마음이 많이 떨어지셨을 것이다. 그리고 많이 외로우셨을 것이다. 그 외로움을 술에 의존하였을 뿐 어느 누구에게 속 시원하게 말하지 못하였다. 어머니가 굳게 닫힌 마음을 쉽게 열지 않아서 1년 반 동안이나 아버지는 나를 위해 참아내셨다. 아버지와 함께 살 때는 잘 알지 못하였다. 그것이 아버지의 속사랑이 아닐까 한다. 가족에게 차마 말하지 못하고 언제나 뒤에서 묵묵하게 가족을 사랑하였던 아버지….

어머니와 이혼 후 재산 분할 과정을 거쳐야 했는데 아버지는 빈 몸으로 집을 나가셨다. 집에 있는 나의 미래를 위해 돈에 집착이 있었던 아버지가 자식인 나를 위해 피와 땀을 흘려 버신 돈을 포기하셨다. 빈 몸으로 나가셔서 다 쓰러져 가는 아파트에서 다시 시작하셨다.

홀로 그 아파트에서 보내는 시간이 얼마나 외롭고 힘이 들었을까? 그 무게는 상상이 가질 않는다. 조치원에서 주말부부를 했을 때 얼마나 외로우셨을까? 누구에게도 아픔을 말하지 못하고 끙끙 앓으셨을 마음… 형제도 6명이셨고 자식과 아내가 있었음에도 어느 누구도 내 아버지의 마음을 알아주지 않으셨다.

운전을 하다가 가끔 인순이의 '아버지'란 곡을 듣는데 들을 때마다 눈시울이 붉어진다.

아버지들의 속사랑…. 겉으로 표현하지 못하는 아버지들의 속사랑… 하지만 묵묵히 가족을 위해 희생하는 우리의 아버지들. 누구하나 내 맘 알아주지 않아 가끔 맘에 없는 소리로 우리의 맘을 아프게도 하지만 그건 아버지의 진심이 아니다. 자신의 마음을 주체를 못하여 우리의 아버지들 역시 사랑을 받고 자라지 못해 표현을 못하지 않았을까? 보릿고개에 태어나 가족 모두가 생존을 위해 분투했을 시기였기에.

35살이 된 지금에서야 나는 아버지의 마음이 보이기 시작하였다. 어릴 땐 내가 무지하여 알지 못하였다. 아버지 그동안 고생 많으셨습니다. 그리고 아버지의 사랑 정말 감사하였습니다.

··· 이렇게 살면 안 되는데

어머니 장례 후 서울에서의 생활이 시작되었다. 막상 서울에 혈혈단신 올라왔는데 앞이 보이진 않았다. 모든 게 막막했다. 아는 사람도 없고, 그저 하루하루 버텨가는 삶의 연속이었다. 평일에는 회사에 나가서 일을 하며 주말을 기다렸다. 주말이 오면 특별히 하는 건 없었다. 초반엔 아는 사람이 많지 않아 어플 모임도 나가 보기도 하였는데 일회성이 짙어서 그만두었다.

토요일엔 그냥 친구를 만나 소주 한잔 걸치고 술에 잔뜩 취해서 집에 들어왔다. 그리고 일요일 12시가 넘어 잠에서 깬다. 숙취로 머리도 아프고 속도 좋지 않고, 일단 해장으로 얼큰한 짬뽕이나 피자를 한 판 시켜 먹는다. 예능을 틀어 놓고 해장을 한다. 그러면 잠이 또 솔솔 온다. 잠을 자면서 해장을 또 하고 비로소 술이 깨는 것이다. 또 한 번 잠에서 깨고 나면 이미 저녁이다.

술 먹은 다음 날은 식욕이 매우 당기기 때문에 저녁에도 맛있는 걸 시켜서 먹거나 라면을 끓여 먹는다. 이 모든 일정이 끝나고 나면 저녁 7~8시쯤 된다. 그러면 침대에 누워 천장을 보며 이야기한다.

"아… 이렇게 살면 안 되는데…."

취업을 간절히 원했고 일을 하게 되었는데 결국 쳇바퀴 돌아가는 삶의 연속이었다. 이건 아닌 거 같은데, 머리로는 아는데 몸이 따라 주질 않는다. 그렇게 자책을 하면서 반복되는 월요일을 맞는다.

월요일 아침 일찍 일어나 피곤과 싸움을 한다. 분명 주말에 쉬고 친구들과 소주를 마시면서 '파이팅' 외치면서 우정 다짐을 하였는데, 오히려 몸이 더 피곤하다. 쉰 거 같지 않은 기분이다. 그렇게 무거운 몸을 이끌고 회사를 나가게 된다. 주말이 오면 알차게 보내야지! 라고 다짐을 하지만 무엇을 시작해야 할지 감이 오질 않는다. 목요일쯤 되면 또 몸이 근질거리기 시작한다.

이번 주엔 고향에서 친구들이 놀러 오니까 소주를 한잔하고 클럽이나 가볼까? 하면서 들뜨기도 한다. 금요일이 되고 이때 기분이 가장 좋다. 드디어 주말이구나! 해방감도 들면서 기분이 들뜬다.

금요일에 약속이 없으면 그대로 집에 오는데 인터넷 서핑이나 핸드폰 쳐다보면서 시간을 죽이기 일쑤다. 어느덧 새벽 2시다. 아까운데 하면서 4~5시까지 버티다가 결국 잠에 든다.

토요일 실컷 늦잠을 잔다. 일어나 보니 햇살이 환하니 기분이 좋다. 오늘 점심은 짜장면에 공기밥이다. 음 살짝 모자른데 만두를 시킬까? 아니다. 짜장면을 곱빼기로 하자! 맛있게 먹고 토요일 약속을 기다린다. 한껏 멋을 내고 강남역에서 친구들을 만난다. 사람 많고 예쁜 여자가 많을 거 같은 술집에 들어가 1차를 시작한다. 소주가 들어가니 기분이 알딸딸하면서 무릉도원이 따로 없다. 친구들과 더 가까워지는 기분이 들면서 이 맛에 인생 사는구나 라는 생각이 든다. 오늘 기분도 좋겠다, 바로 클럽으로 직행이다! 초반에 의기충천하여 들어가지만 이내 쓴맛을 제대로 들이킨다. 새벽에 해장하면 살이 찌니깐 해장은 생략하고, 택시 타고 집에 들어와서 씻지도 못하고 그대로 잠든다. 일요일 다시 날이 밝았다. 다시 반복이다.

매주는 아니지만 서울에 올라와서 주말을 이렇게 많이 보낸 거 같다. 원룸에 덩그러니 있으면 어머니 생각에 가슴이 내려앉아 나가서 친구들을 만나서 시간을 보냈었다. 이건 아닌 거 같은데 하면서 비슷한 일상을 보내곤 했었다. 그러다가 33살이 되던 해부터 마음이 변하기 시작하였다. 변화를 갈망하기 시작하였다.

나는 변화를 위해서는 크게 2가지 방법이 있다고 생각한다.

1. 환경을 바꿔라.
(사는 곳을 바꾸기. 부모님과 살고 있다면 독립하기)

2. 좋은 인연을 만날 것.

(이것은 좋은 인연인지 알아보는 눈이 있어야 한다)

　나 같은 경우 정말 운이 좋게도 서울로 터전을 옮기면서 나를 상생시켜주는 좋은 인연을 만나게 되었다. 먼저 환경을 바꾸게 되면 자신의 모순점을 지적해주는 인연이 먼저 들어오게 된다.

　서울로 직장을 옮기고 상사한테 참 많이도 지적을 받고 혼이 났다. 처음 사회생활을 하는 것이지만 나도 나 자신에게 놀랄 정도로 혼이 많이 났다. 이 지면을 통해서 그 당시 나 때문에 답답했을 상사분들에게 감사했다는 말도 전하고 싶다.

　고려제약에서도 지적을 많이 당했고 나름 수정을 하려 애를 썼다. 그렇게 1년이란 시간을 보내고 아주약품에 들어오게 되었는데 이때도 지적을 참 많이도 당했다.

　조용히 한두 달 지켜보던 나의 사수는 "네가 1년 경력이 있다고 해도 너를 이제 신입사원으로 생각하겠다. 그러니 다시 시작해봐라."라고 하며 나의 모순점들을 지적하였다. 그리고 인천 지점으로 옮기고 나서도 상황은 마찬가지였다. 지점장, 사수, 동기 돌아가면서 나의 모순점을 이야기해주었다.

　한때는 지점장님한테 8시간 동안 혼이 나기도 하였다. 아침부터 혼이 나기 시작했는데 밖을 보니 어느덧 어두워지고 있었다. 그 당시는 잘 인지하지 못하였지만 나는 참 문제가 많은 사람이었다.

중이 제 머리 못 깎는다고 인지하지 못했던 문제점들이 인연을 통해 드러났고 처음에 나는 받아들이기 쉽지 않았다.

30년 이상 축적된 습관을 바꿔나가기가 쉬운 일이 아니었다. 고집도 부리고 저항도 하였다. 그러면서도 이렇게 가면 '죽도 밥도 안 되겠다'라는 생각으로 모순점을 고쳐 나가면서 버텨냈다. 이에 나를 지적해주신 모든 인연에게 감사를 표한다.

그렇게 3년이란 세월이 흘렀고 모순점을 고쳐 나갈 때 귀인의 인연이 나에게 들어오게 되었다. 나를 생하게 해주는 인연이 재배치되기 시작하였다. 이 원리를 한 번 생각해 보면 변화를 위해 환경을 바꾸었고 초반에 모순점을 지적해주는 인연을 만나게 된 거 같다. 그렇게 내 문제가 수면에 보이게 되고 그제서야 모순점을 고치려 애를 쓰게 되었다. 어느 정도 모순점을 고치는 노력이 들어가면서 그때 외부의 좋은 인연을 만날 수 있게 되는 거 같다.

좋은 인연을 만나면서 다시 한번 나를 돌아보게 되었고 그러면서 과거가 정리되고 이해가 되면서 미래를 꿈꾸기 시작하였다. 책을 집필하게 되면서 과거를 정리하였고, 어머니 유골과 천안집도 정리에 들어갔다. 나의 영혼이 안정되기 시작하면서 앞날이 보이기 시작하였다. 이제는 새 인연과 새 터에서 새 출발을 도모할 수 있다.

혹시라도 나와 같은 갈증이 있는 내 또래 친구들에게 하고 싶은 이야기가 있다. 만약 집에서 부모님과 같이 살고 있다면 일단 집에서 독립해야 한다. 요새 집값도 부담되고 쉽지 않은 일이지만 집을 나와야 한다. 성인까지 자랐고 취업을 했다면 이제는 힘들더라도 본인의 길을 가줘야 한다. 그래야 부모님도 안심하고 여생을 대비하실 수가 있다. 어차피 집에 있으면 부모님과 대화도 힘들고 충돌만 날 뿐이다. 그러니 뒷걱정은 하지 말고 일단 과감히 집을 나와야 한다.

이제는 가정이 아닌 사회에서 나를 이끌어 주는 사람을 만나야 한다. 이끌어 주는 정도는 아니더라도 중요한 조언을 구할 수 있는 조력자를 만나야 한다. 길은 혼자 가는 것보다 경험자의 말을 듣고 안전하게 가는 게 좋다고 생각한다. 요즘엔 한 번 무너지면 다시 일어나기 어려운 세상이기 때문에 한 걸음 한 걸음 신중할 필요가 있다.

부모님도 훌륭한 조언자라고 생각할 수 있지만 부모와 자식은 서로 감정이 걸려 있기 때문에 객관적으로 상황을 보고 조언을 해주기가 쉽지도 않고 부모님 말씀은 귀에 잘 들어오지도 않는다.

훌륭하신 우리의 부모님이지만 감정이 걸려 있기 때문에 서로 마음에도 없는 소리를 하면서 이성적으로 대하기가 쉽지가 않다. 서로의 입장이 이해되지 않는 것이다. 사랑하지만 그 말할 수 없는 감정이 항상 존재한다.

냉정하게 생각해 보자. 성인이 된 이후로 부모님 뜻을 따른 적이 있는지⋯ 이제 가정에서 과감히 독립하여 부모님의 영향권에서 벗어나 보자. 물론 초창기에는 시행착오가 있을 수 있겠지만 시간이 지나면 마음이 편해질 날이 올 것이다. 영향권에서 벗어나게 되면 그에 맞는 인연이 재배치 되면서 본인의 길을 갈 수 있는 환경이 펼쳐질 것이다.

　지금은 괴롭더라도 부디 모두 힘내길 바란다. 괴로움이 배치되어 있다면 이유가 있는 것이며, 그 괴로움은 본인에게 엄청난 약이 되고 공부가 될 것이다. 시간이 걸리더라도 앞이 전혀 보이질 않더라도 꼭 버텨내시길 바란다. 지금 아무것도 안 한다고 자책할 필요도 없으며 취업 못 했다고 집에서 구박하더라도 기죽을 필요 하나 없다. 어떤 순간이 오든 희망을 잃지 않았으면 좋겠다. 판에 박힌 이야기이지만 그 희망이 많은 걸 가져다줄 것이다.

이름을 바꾸고자 하는 사람들에게 ···

대개 이름은 부모님의 영향이 크며 부모의 염원이 자식에게 들어
간 경우가 많다. 나는 '임병도'라는 이름으로 30년 정도를 살았고 병
에 관련된 일을 포함하여 여러 가지 일들을 체험하였다. 그리고 이
제는 다른 인생을 살고자 '임대길'이라는 이름으로 개명을 하였다.

다른 인생을 하고자 하는 명분을 잡고 개명신청을 하였다. 개
명 과정은 단순화되어 법무사에 맡기고 개명에 대한 소명을 상세
히 적었다. 그리하여 30살부터는 임대길이라는 이름으로 사회생
활을 시작하였다.

사람들이 이름을 불러준다는 것은 큰 의미가 있다. 이름을 부를
때 소리가 생기며 파동이 생긴다. 파동에는 에너지가 있기 때문에
그 에너지는 이름의 주인에게 영향을 미친다.

"병도야"라고 불러줄 때 나에게 영향이 있었고, "대길아"라고 불

릴 때도 나에게 영향이 간다. 이것은 눈에 보이지 않는 부분이기 때문에 간과하기 쉬운 부분이지만 개명을 해 본 나는 몸소 체험하였다. 보이지 않는 차원의 이야기이지만 분명히 영향이 있다.

물론! 변화를 위해 이름을 바꾸는 것보다 중요한 것은 '마인드'의 변화이다. 이름을 바꾼다 한들 마인드도 바뀌지 않고 예전 습관대로 인생을 살아간다면 변화는 미미할 것이다. 그래서 개명을 하게 되면 마인드와 태도까지 한꺼번에 변화를 시켜줘야 금상첨화이다.

세상사 마음 한 끗 차이가 상당한 부분을 결정지으며 이 한 끗 차이는 마인드에서 발생하기 때문이다. 만약 개명을 고민 중이라면 이름과 마인드를 같이 바꿔주면 분명히 변화를 맞이할 것이다. 시간이 걸릴 수는 있겠지만 반드시 변화는 일어난다.

정신적 고통이 찾아온 사람들에게…

27~29살 동안 거의 3년이란 시간을 강박증에 시달리고 있었다. 이때의 기분은 마치 뜨거운 압력밥솥에 들어가 있는 기분이 들고 영영 빠져나오지 못할 거 같다는 느낌이었다. 너무 괴로워서 그냥 길가에 있는 돌멩이가 되고 싶었다. 생명이 없는 무존재가 되고 싶었다. 무슨 일이든 집중하기가 힘들어서 차라리 아르바이트를 하면 좀 환기가 될까 싶어서 시작하였다.

알바 사이트에 구직 광고를 살펴보면 단기 아르바이트가 많이 올라와 있다. 그중에 주로 몸을 쓰는 아르바이트를 골라서 하였다. 행사 뒷정리, 식당 서빙, 물건 운반, 결혼식 하객, 전단지, 마트 아르바이트 등등 여러 가지를 하였는데 그나마 몸을 쓰다 보니 강박적인 사고가 많이 줄어들었다.

한 가지 아르바이트만 하게 되면 또 강박적인 사고가 덮쳐올까 봐 단기 아르바이트로 이것저것 다양하게 선택했다. 최소 하루나 최대

7일 이내의 단기만 했었다.

우울증이나 강박증 같은 정신적인 문제를 해결함에 있어 가장 중요한 점은 외부의 환경 영향이 가장 크다. 혼자서 이를 이겨내기는 쉽지 않고 약물 역시 증상을 완화시키는 데 도움을 주지만 근본적인 해결책을 주기는 어렵다고 본다. 약물에 대한 이야기는 지극히 개인적인 나의 의견이다.

정신적인 문제가 발생했을 때 왜 나에게 이런 증상이 왔을까 하는 의문을 갖고 자신과 자신의 환경(부모님, 성장배경, 주변 인연 등등)을 총체적으로 분석해 보는 시간이 필요하다.

물론! 우울증이나 강박증, 공황장애에 걸리게 되면 위의 과정이 터무니없게 느껴지고 실행할 기운이 나질 않는다는 것은 잘 안다. 나도 강박증에 함몰되다 보니 아무것도 생각 안 나고 그냥 죽고 싶다는 생각이 머리를 지배하기도 하였다. 하지만 그러면서도 희망은 버리지 않았다. 뇌병변도 이겨냈는데 이것도 끝이 있을 거라 생각하고 버티고 또 버텼다.

당시 차마 부모님께 나의 문제를 직접 말씀드리지는 못하였다. 말씀드리면 오히려 괴로움만 드릴 거 같아서(당시 어머니도 우울증 약을 오랜 기간 복용하고 계셨다) 직접 내가 정보를 찾아 나섰다. 내가 찾아볼 수 있는 정보를 모두 찾아보고 결국 나는 좋은 인연을 만나게 되었고 영감을 얻어 나의 강박적인 면을 고쳐 나가기 시작하였다.

　이때 처음으로 나를 되돌아본 시기가 되었다. 나의 정신적 병의 원인을 내 안에서 찾기 시작하였다. 나의 성장과정, 부모님, 성격, 장점, 단점, 과거에 있었던 일 등등을 모두 정리하여 답을 찾으려 했었다. 왜 내가 강박적인 사고를 갖게 되었을까? 라는 의문을 갖고 과거를 살펴보았고 이해를 하려 했다.

　앞에서 이야기했듯이 나의 과거를 분석하고 보니 이해가 되기 시작하였고, 그때 강박적인 사고도 잦아들기 시작하였다. 이때는 총체적으로 과거를 분석해 보면 도움이 될 것이라 생각한다. 나도 정신이 아프고 나서야 유년기 시절부터 성인까지 쭉 삶을 되돌아보았다.
　정신적인 문제로 고통을 받으면 가족에게도 털어놓기 어려운 경우가 많다. 그 누구에게도 말하기 쉽지가 않아 고통이 점점 배가 된다. 3년 동안 겪은 사람으로서 그 고통을 이해한다.
　끝없이 밀려 들어오는 고통에 몸과 마음이 지쳐 갈 것이다. 고통이 끝날 거 같지 않은 느낌이겠지만 그 끝은 분명히 있다. 정신적인 질환의 이유는 반드시 있으며 이유를 찾아내면 이겨낼 수 있는 추진력도 생기게 될 것이다. 이 과정이 쉬운 과정은 아니지만 극복할 수 있다. 지금은 무척 괴롭겠지만 그 끝은 반드시 있다. 꼭 이겨내서 고통에서 벗어나기를 간절히 바란다.

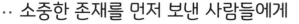 … 소중한 존재를 먼저 보낸 사람들에게

부모님이 충분히 오래 사시고 육체가 노쇠하여 자연사를 겪는 경우를 제외하고 부모님의 죽음을 맞이할 경우 그 슬픔은 이루 말할 수 없다. 하늘이 무너져도 이보다는 더하진 않을 거 같다. 그 슬픔은 이겨내기가 쉽지 않고 물리적인 시간이 필요하다. 나도 어머니가 하늘나라에 가시고 이 글을 쓰는 순간까지 괴로운 나날을 보냈다. 괴로운 마음은 충분히 이해하고 잘 알고 있다.

2020년 6월 5년째 되는 어머니 기일 날, 어머니를 보내 드리게 되었다. 어머니는 유언장에 단국대 호수에 본인의 유골을 뿌려 달라고 남겨 주셨는데 돌아가시고 나서 도저히 뿌려 드릴 수가 없어서 납골당에 모셔드렸다. 도저히 혼자 어머니 뜻을 들어드릴 수가 없어서 나중에 시간이 지나고 마음이 괜찮아지면 해야겠다는 생각으로 납골당에 모셔 드리고 매년 방문을 하였다.

그렇게 돌아 가신지 5년이란 세월이 흐르고 2020년이 되었을 때 이제는 어머니를 정리해 드리고 나도 새 마음가짐으로 살아야겠다는 다짐을 하였다. 언제까지나 어머니를 붙잡고 그리워하며 슬퍼할 수는 없는 노릇이다.

우리 조상들도 3년상이라는 것을 치르지 않았나. 그래서 큰 용기를 내어 어머니를 보내 드리기로 결정을 하였다. 힘든 일이 생겨도 어머니 생각을 하지 않고 내 스스로 인생을 개척해 나갈 것이며, 어머니가 가보지 못했던 곳, 못 먹어 보았던 음식 등등, 어머니가 생전에 못 해본 일들을 다 체험을 하며 살아갈 것이다.

먼저 간 사람을 그리워하며 과거에 파묻혀 있을 것이 아니라 미래를 생각하며 현재를 충실히 살아가야 한다. 그게 바로 죽은 자를 위한, 산 사람의 자세이다. 죽음을 감정적으로 받아들이기보다 그 의미를 한 번 이성적으로 생각해 볼 이유가 있는 것이다.

나 같은 경우, 어머니는 나의 앞길을 위해 먼저 가신 것이기 때문에 슬픔에 빠져 있는 모습을 보이기보다는 행복하게 살아가는 모습을 보여 드리는 것이 진정 어머니를 위한 것이라 생각한다.

물론! 소중한 가족을 잃고 나면 그것보다 슬픈 일은 없고 감정적인 충격이 너무나도 괴롭다는 것은 나도 잘 안다. 나도 4년이란 세월을 슬픔 속에서 보냈었다.

나는 영혼의 존재를 믿으며(이것은 나의 개인적 생각이다) 산사람이 열심히 살아줘야 죽은 사람은 가볍게 떠날 수가 있다. 결국 산 사람의 의지에 달려 있다는 말을 하고 싶다.

부모님, 자식, 배우자, 형제, 자매 등등 소중한 존재를 잃은 사람들에게 나는 말해주고 싶다. 지금껏 슬픔에 젖고 죄책감에 시달리고 정말 고생이 많았다. 이건 겪어 보지 않으면 알 수가 없다. 이제는 더 이상 먼저 간 사람을 그리워하기보다는 본인을 위해 살아갈 시간이 되었다.

여러분 모두 충분히 슬퍼하였고 그 뜻은 먼저 간 사람이 다 지켜보고 알아줄 것이다. 그러니 이제 더 이상 마음에 담아두지 않았으면 한다.

맛있는 음식을 먹어도 되며, 좋은 곳으로 여행도 가보고, 좋은 옷도 사 입어 봐도 된다! 이성을 만나고 싶으면 만나서 사랑도 해봐도 된다! 하고 싶은 일이 있으면 바로 시작하자! 우리가 행복하게 살아가야 먼저 간 사람은 안심하고 다음 여정을 갈 수가 있다.

본인이 하늘나라에 먼저 갔다고 생각해 보자. 가족이 항상 본인을 그리워하고 슬픔에 빠져 있다고 하면 그걸 지켜보는 본인 마음이 더욱 찢어질 것이다. 걱정만 될 것이다. 반대로 행복한 모습을 보인다면 더 이상 걱정하는 마음이 들지 않고 안심이 될 것이다.

산 사람이 잘 살아줘야 죽은 사람도 해원할 수 있다고 생각한다. 그래서 우리가 더 좋은 세상이 될 수 있도록 뜻깊게 살아가야 한다. 언젠가 사랑하는 사람이 태어나게 될 좋은 세상을 위해⋯ 작은 변화가 모여 큰 변화를 일으킬 수 있다. 지금은 미약해 보이지만 우리 모두 하나하나 마음을 맞추어 보면 큰 물결을 만들 수 있다고 생각한다.

이제는 본인의 인생을 살아가야 한다. 과거를 당길 것이 아니라 빛나는 미래를 위해 달려가야 한다. 모두 힘을 내서 소중한 존재를 위해 한걸음 한 걸음 힘을 냈으면 하는 마음이다.

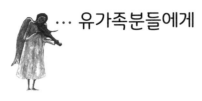 … 유가족분들에게

떠나는 자와 남는 자!

유가족으로서 가장 힘든 점은 "그럼에도 내 삶을 살아가야 한다는 점이다." 떠나보낸 사람이 생각나고 죄책감과 후회로 인해 극한의 고통을 겪고 있음에도 내 삶을 살아가야 한다는 점이다. 먼저 간 사람을 따라갈 수는 없다.

그래서 살기 위해 별별 노력을 다해본다. 영혼에 대해서 공부해보기도 하고, 종교에 기대보기도 하고, 여기저기 프로그램에도 참여해본다. 괜찮아지나 싶었는데 일시적인 감정이다. 다시 집에 돌아오면 괴로운 마음이다. 항상 풀리지 않는 무언가가 있다.

먼저 간 가족이 내 마음을 떠나가질 않는다. 눈물이 주룩주룩 나오는 정도가 아니라 내 온몸을 적신다. 눈물이 마르면 내 정신도 같이 말라간다. 높은 건물을 보면 트라우마가 떠오른다. 구급차만 봐도 가슴이 두근두근하였다. 죽고 싶은 감정뿐이다. "나도 따라가야 하는 건가.” 그럼에도 불구하고 다시 마음을 잡고 살아가야 한다.

일을 겪고 나면 한 달이 가장 지옥같이 힘들다. 이 고통이 평생 지속되는 건가? 끝나지 않을 거 같다는 느낌이 머릿속을 지배한다. 수시로 밀려드는 죄책감으로 미쳐버릴 거 같다.

“나는 죄인이다.”라는 생각이 머릿속을 뒤덮는다.
그러면서 대체 “왜?” 하는 의문이 들기도 한다.

믿어지지도 않는다. 전화하면 받을 것만 같고 환한 미소로 나를 찾아 와줄 것만 같다. 하지만 이미 나와 다른 세계에 살고 있다. 이제는 볼 수도 만질 수도 없다는 것을 체감해 간다.

한 달 정도 되면 아주 천천히 회복이 되어간다. 시간은 천천히 흐르고 고통도 서서히 괜찮아진다. 그러다가 문득 감정이 휘몰아쳐 오고 가슴이 또 무너지며 눈물이 쏟아진다. 꿈에라도 나오면 그렇게 그렇게 그리울 수가 없다.

2년 정도 시간이 흐르면 회복이 꽤 되어있음이 느껴진다. 그때도 생각하면 눈물이 나지만 일상을 살아간다. 그래도 아직 사진은 못 보겠다. 다시 무너져 내릴까 봐 무서워 사진을 보지 못하겠다. 유품 정리를 했지만 도저히 버리지 못하는 물건들도 있다. 괴로운 구간은 피할 수 없다. 야속하게도 시간은 참 느리게 간다. 그저 하루하루

견디고 아주 조금씩 나아질 뿐이다.

이 글을 읽는 분들 중에 유가족분들이 있다면 꼭 이야기해주고
싶다. 먼저 간 분을 위해서 이제는 본인 삶을 살아야 한다. 미치도
록 괴롭겠지만 이제는 놓아줘야 한다. 가슴에 묻고 미래로 나아가
야 한다. 그것이 먼저 간 이를 위한 일이다. 진정한 추모는 슬픔에
빠져있는 게 아니다.

언젠가 만날 날을 위해 먼저 간 분의 몫까지 살아가야 한다.
눈에 보이지 않지만 우리는 함께 하고 있다.
언제까지 슬퍼할 수는 없다.
이제는 같이 나아가자! 혼자가 아니다.
하고 싶은 일이 생기면 다 해보도록 하자.
많이 울기도 했고 괴로운 세월은 충분히 보냈다.
이제는 마음의 감옥에서 나오도록 하자.
본인의 탓이 아니다.

당장은 괴롭겠지만 먼저 간 분이 행복하고 즐거운 우리의 모습을
보고 '해원'을 할 것이다. 살아있는 사람의 역할이 중요하다.

나는 5년 동안 죄책감, 슬픔, 그리움 등등 온갖 부정적 감정에 휘
둘렸었다. 그러다 문득 어머니 입장에서 생각을 해보았다.

아들인 내가 항상 괴로워한다면 먼저 떠난 어머니의 마음은 어떠할까?'

현재의 나는 미래를 바라보고 있다. 더 이상 슬픈 과거에 함몰되지 않고 밝은 미래를 꿈꾸고 있다.

이유 없는 시련은 없다고 한다. 우리에게는 먼저 간 사람들을 위해 행복하게 살아가야 할 의무가 있다. 어떤 순간에도 무너지지 말자. 슬픈 생각이 들면 그럴수록 마음을 더 다 잡아야 한다. 극도의 고통을 겪은 사람은 희망을 얘기할 수 있다.

우리의 인생도 빛날 수 있다. 소중한 인연을 황망하게 잃었지만 그럼에도 우리는 세상을 빛낼 수 있다. 우리가 잘 살아서 세상을 빛내야 한다. 미약한 불빛이라고 해도 좋다. 한 명 한 명 빛이 늘다 보면 그 빛이 모여 세상을 비출 것이다.

 … 질병의 의미

나 같은 경우 이른 나이에 '뇌병변'이 발생하였고, 이 사건은 나의 인생에 많은 영향을 주게 되었다. 뇌병변에 대해 생각을 해보면 질병이 발생하고 부모님이 가장 많이 슬퍼하시고 힘들어하셨다. 그리고 그와 동시에 아버지와 어머니는 완전히 단절되었고 나와 어머니 둘만의 생활이 시작되는 계기가 되었다.

아버지는 그때 어머니께 재결합에 대해 다시 의사를 물었고 어머니는 단호하게 거절을 하셨다. 이후 병은 회복이 되었고 학교도 정상적으로 다닐 수 있게 되었지만 나와 어머니 둘만의 외로운 생활이 시작되었다. 어린 나이에 나의 병원행은 우리 가족에게 일종의 변화를 가져다준 일이었다.

나의 병원행이 있은 후 10년 뒤 어머니의 양성 뇌종양으로 이번엔 어머니가 병원에 가시게 되었다. 이때 가장 마음이 아팠던 건 하나뿐인 아들인 바로 나였다. 아버지는 이미 새어머니와 혼인을 하였기 때문에 직접적 영향은 없었다.

어머니는 어릴 때부터 두통이 심하셨고 양성 뇌종양의 크기를 보았을 때 선천적으로 갖고 태어나셨던 종양이 점점 자라서 결국 수술에 이르렀다. 병을 직접 겪었던 어머니의 고통도 심하였고 옆에서 이를 지켜보는 나의 마음도 찢어졌다. 이때 나는 직업이 없었으며 어머니의 간호를 전적으로 맡이하게 되었다.

어머니는 이때 관념을 바꾸셨다. 이때까지 어머니는 오직 나를 바라보고 살아오셨다. 내가 남편, 아들, 친구 역할을 다 하고 있었는데 어머니는 수술 이후로 이런 마음을 절제하셨다. 아들에게 남편을 투영시키지 않고 나에게 심리적 자유를 점점 주셨다. 그리고 그 이후 삶에 대한 고집도 많이 내려놓으셨다. 매일매일 집안 살림을 2시간 이상 하시던 것도 손을 놓으셨다. 이때 당시 나는 정신적 강박증세로 매우 힘든 시기였는데 어머니의 병원행까지 맞물려 28살이 되어서야 인생의 변화를 모색해 보기 시작하였다. 그때까지 나는 남의 말을 들을 생각도 안 했으며 나를 객관적으로 보려고 하지도 않았다.

어머니의 병과 나의 정신적 강박증을 겪으면서 '대체 내 인생은 왜 이렇게 흘러왔을까? 나에게 어떤 문제가 있을까?' 하는 생각을 하게 되었다. 고집이 무척 센 나에게 질병은 나를 돌아보게 하는 장치가 되기도 하였다. 질병으로 인해 나와 어머니 모두 관념을 바꾸는 계기가 되었던 것이다.

사람은 웬만해서는 기존의 관념과 틀을 깨려고 하지 않는다. 특히나 나와 어머니, 아버지는 관념과 고집이 세서 잘 바꾸려 하지 않았다. 나는 고집이 황소고집이라 남 말을 전혀 듣지 않았고, 어머니는 본인의 틀이 강하며 그 틀 안에 상대를 맞추려 하셨고, 아버지는 본인만의 관념이 강하셨다. 3명 모두 공통적으로 고집이 강하였다.

결국 고집이 강했던 나와 어머니, 아버지 모두 뇌에 병이 왔으며 이를 통해 관념을 바꾸는 계기가 되었다. 병을 겪는 당시에는 무척 괴로웠고 생각해 볼 여지도 없었지만 시간이 흐른 지금 생각을 해보면 질병의 이유가 있었다.

질병을 겪는 분들께 하고 싶은 이야기는 본인이 질병으로 고통이 무척이나 심하고 하늘이 원망스럽겠지만 그래도 한 번쯤은 생각해 보았으면 좋겠다.

'왜 나에게 질병이 왔을까?'

질병에 대한 정신적인 이해가 받침이 된다면 병이 호전될 수도 있다고 생각한다. 물론! 괴롭고 이런 생각은 하기 힘들다는 건 병을 겪어 본 나는 잘 안다. 병을 겪는 사람이든, 병간호를 하는 사람이든, 병을 치료하는 사람이든, 질병의 의미에 대해 그래도 한 번 생각을 해보았으면 하는 나의 마음이다. 한 사람이라도 도움이 된다면 나는 그걸로 족하다.

병원의 의미…

고등학교 때 병원에 입원한 이후로 응급차와 병원을 보면 가슴이 두근거렸다. 직접 병을 얻어 입원도 해보았고, 어머니 병간호를 해보아서 생긴 자동적 반응이다. 병원 내부는 흰색으로 되어있고 특유의 느낌이 있다.

사람은 병원에서 태어나기도 하며, 병원에서 죽음을 맞기도 한다. 예전에는 집에서 출산도 하고 죽음을 맞기도 하였지만 지금은 병원에서 출산과 죽음을 겪는 경우가 많다. 객사와 사고사 같은 특별한 경우를 제외하면 사람은 병원에서 출생과 죽음을 맞는다.

어떤 사람은 병이 회복되어 새 삶을 살기도 하고, 어떤 사람은 병이 심해져 죽음을 맞이하게 된다. 즉 병원은 생과 사를 왔다 갔다 하는 곳이라 말할 수 있다. 사람들 모두 태어나서 한 번쯤은 거쳐야 할 곳이다. 새하얀 병원이 마치 이승과 저승을 잇는 기관이 아닌가 하는 생각도 들기도 한다.

내가 생각할 때 병원만큼 사람의 인생을 변성시켜 주는 곳이 없었다. 가족 중 한 명이 병원에 가게 되면 가족 모두 영향이 있었으며 변화가 시작되었다. 병을 얻은 당사자와 병간호를 하는 사람들 모두 변성의 시간이 도래하는 것이다. 건강하고 기세가 좋을 때는 사람은 앞만 보고 달려가기 쉽다. 본인을 돌아보기가 쉽지 않은 것이다.

몸이 아프고 나면 그때 '내 인생이 왜 이럴까?' 하면서 지나온 인생을 생각하게 된다. 병간호를 맡게 되는 사람 역시 이 영향을 받게 되어있다.

내가 아파서 병원에 갔을 때 우리 가족은 단절이 되어 나와 어머니의 삶이 시작되었고, 어머니가 입원하셨을 때 나와 어머니의 관념이 무너졌다. 어머니는 퇴원하시고 본인만의 틀을 많이 내려놓으시면서 성격도 바뀌셨다. 나 역시 그제서야 나를 객관적으로 보기 시작하였다. 사람은 아프고 병원에 가서야 비로소 본인 자신을 돌아보게 된다.

죽음에 관하여...

사람은 누구나 태어날 때 사명을 갖고 태어난다고 생각한다. 이 지구에 인간으로 태어나는 것이 우연한 일이 아니며 분명한 이유가 있다고 본다. 나만의 사명을 다하고 나면 건강하게 죽음을 맞고 싶다. 내가 죽을 날을 직접 정하여 내 사람들과 마지막 조우를 하고, 즐겁게 이 세상을 떠나고 싶다. 슬픈 감정을 갖지 않고 한을 남기지 않고 죽음을 맞이하고 싶으며 가볍게 생을 마감하고 싶다. 어머니께서 마지막 시간을 정한 것처럼, 할 수 있다면 나도 마지막 생의 시간을 정하고 싶다.

앞으로 시간이 지나면 안락사가 합법화가 될 것이고 인간의 의식 또한 거기에 발맞춰 상승할 거라 보기 때문에 죽음에 대한 관념도 변해 갈 것이다.

현재의 기술로도 인간은 인공수정을 통해 출산에 관여할 수 있고 어느 정도 시간이 흐르면 인간이 죽음에도 관여를 할 수 있게 될 것이다. 우리 눈으로 확인할 수 있는 날이 올 것이다.

　탄생과 죽음을 관장하는 것이 신의 일이 아니라 점점 인간의 일이 되어가고 있다. 이제는 인간이 죽음을 선택할 수 있는 시대가 올 것이다. 그러면 우리는 죽음이라는 것에 대해 생각해 볼 필요가 있다.

　현대 사회에서는 죽음을 맞이하면 현대식 절차로 장례가 치러져서 죽음에 대해 생각해 볼 수 있는 여지가 적다. 장례를 치러 본 사람들은 알겠지만, 그냥 정신이 없고 끝나고 나면 허망함과 슬픔이 극도로 몰려온다. 죽음에 대해 이성적 생각보다는 감정적으로 받아들이기가 쉬운 것이다. 더군다나 현재의 시대는 물질적이며 경쟁 사회이기 때문에 우리는 종종 죽음에 대해 잊고 살아간다.

　나는 특히 의료계 종사자들이라면 탄생과 죽음에 간접적으로 영향이 있는 사람들이기 때문에 특별히 죽음에 대해 생각해 볼 필요가 있다고 생각한다.

　죽음에는 여러 의미가 담겨 있다. 죽는 사람도 그렇고 주변 사람에게도 영향을 미친다. 죽음에는 몇 가지 종류가 있다. 고종명, 급사, 단명, 안락사(자살), 등등.

　고종명은 제 명을 다해서 맞는 죽음이며 자연스런 죽음이다. 이 경우 호상(護喪)이라고도 하며, 남는 사람들도 상대적으로 편하게 죽음을 받아들인다.

급사는 말 그대로 겉으로 건강해 보이는 사람이 급병으로 사망하거나 갑작스런 사고로 운명을 달리하는 것이다. 본인도 아무런 준비없이 생을 마감하게 되고 주변 사람들의 충격도 상당히 크다.

단명은 정해진 명을 채우지 못하고 맞는 죽음을 말한다. 명을 채우지 못했기 때문에 한이 남는 죽음이다.

안락사는 본인이 죽음을 준비하고 시점을 정하고 죽음을 선택하는 것이다. 본인은 생을 마감하기 전 죽음에 대해 준비할 수 있다. 주변 정리와 함께 본인의 삶을 돌아보고 죽는 시점을 정할 수 있다.

자살은 어떤 힘든 상황에 직면했을 때 죽음을 선택하고 누군가의 마음을 아프게 하는데 이건 목표가 있기도 하다. 왕따를 당한 아이가 자살을 택하는 경우를 예로 들 수 있다.

자살을 택한 사람도 한을 남기는 것이고, 주변 사람들 또한 느끼는 파장이 매우 크다. 특히 가족의 경우 일어서기 힘든 고통을 느끼게 된다. 미래에는 안락사가 많아질 것이라고 본다.

1, 2차 세계대전 이후 전 세계는 황폐화되면서 새로운 국면을 맞이하게 되었다. 전쟁 도중 많은 과학기술이 나오게 되었으며 그 기술들로 물질적 발전을 이루어 갈 수 있게 되었다. 전쟁 이후 지구에는 새로운 판이 깔리게 되었고 현재까지 과학기술과 인간의 의식은 꾸준히 상승해 왔다. 물론 그 과정에 부작용도 많았다. 희생되는 사람들도 많았고 그래서 항상 먼저 살다 간 사람들에 대한 고마움을 느껴야 한다고 생각한다.

그렇게 물질 시스템이 발전되어 왔고 현재는 어느 정도 임계점이 오고 시스템이 멈춘 듯 보이지만 새로운 판을 위한 과정으로 보인다. 코로나라는 질병으로 인해 경제와 산업이 멈추었는데 그러면서 새로운 흐름으로 우리는 가고 있다.

어느 순간 임계점을 넘게 되고 급속하게 세상이 바뀌어 갈 것이다. 의료적으로 노화와 질병은 상당 부분 정복이 될 것이고, 우리는 건강한 삶을 영위할 수 있다고 생각한다. 더 이상 질병이 인간의 삶에 영향을 끼치지 못하게 되는 것이다.

이럴 경우 건강하고 의미 있게 인생을 살아가다가 본인이 이제 살아갈 의미가 없다고 판단되면 안락사를 선택하여 생을 마감할 것이다. 법도 인간의 의식에 맞게 조정되어야 하기 때문에 안락사도 합법이 될 것이다.

태어남과 죽음은 우리가 인생에서 꼭 겪어 나가야 할 과정이다. 다만 태어남은 많은 축복을 받지만, 죽음에 대해서는 원통함과 두려움을 가지는 경우가 많다.

이제는 죽음에 대해 다르게 생각해 볼 필요가 있다. 만남이 있으면 헤어짐이 있듯이 죽음 또한 자연스런 과정이며 이유가 있다. 죽음도 의미가 있는 것이고 새 출발로 해석할 수도 있다. 그래서 우리는 죽음을 슬퍼하지 말고 객관적으로 바라볼 필요가 있다. 죽음도 누구나 겪는 자연스러운 과정이고 이승의 생활을 정리하고 저승으로 가는 새 출발로 볼 수가 있다.

안락사에 관하여…

안락사를 뜻하는 영어 단어인 'euthanasia'는 그리스어로 직역하면 '아름다운 죽음'이란 뜻이다. 현대에 와서 안락사란 불치의 중병 등에 걸린 이유로 치료 및 생명 유지가 무의미하다고 판단되는 생물에 대하여 직간접적인 방법으로 생물을 고통 없이 죽음에 이르게 만드는 인위적인 행위를 말한다.

안락사는 연명의료결정법(존엄사)과는 다른 개념이다. 안락사는 질환의 유무를 떠나 고통 없이 삶을 마감하는 것이고, 존엄사는 무의미한 연명치료를 거부하고 존엄한 죽음을 맞는 것이다.

유럽의 국가들 중에서 안락사를 합법으로 인정하는 나라가 있다. 스위스는 조력자살이 합법이며, 적극적 안락사는 불법이다. 스위스 안락사 비영리 단체인 디그니타스에 따르면, 2016년에 1명, 2018년도에 1명 등 2명의 한국인이 디그니타스를 통하여 안락사를 선택하였다고 한다. 디그니타스는 엄밀한 의미에서 안락사가 아닌 조력자살 방식으로 말기암 등 고통에 시달리는 환자들을 돕는다. 즉 의사 등 타인이 독극물을 주입하는 방식이 아니라 환자가 자발적 의지를 갖고 자신의 손으로 강력한 수면제 등을 복용하거나 주사한다. 즉 의사처방 독약을 환자 스스로 먹고 목숨을 끊는 방식이다. 의사가 직접 약물을 주입하는 적극적 안락사는 금지이다.

스위스 대법원은 삶을 끝내는 방식과 시기 역시 자기 결정권에 포함되었다고 발표하였으며 이를 바탕으로 안락사 역시 합법화가 되었다. 다만 아직 안락사에 대한 찬반 논란은 되고 있다고 한다. 악용의 여지가 있기 때문에 비영리 단체에서는 개인사와 의료기록을 자세하게 검토한다. 건강한 상태에서 스스로 결정을 내렸다는 증거도 필요하고, 의료기록을 통해 병명과 투병기간 치료 혹은 수술 여부를 살핀다. 또한 개인사에 있어서 스스로의 결정인지 더 나은 대안은 없는지까지 심사한다.

104세의 고령의 나이인 호주의 데이비드 구달 과학자는 불치병에 걸리지 않았지만 스위스를 찾아가 스스로 생을 마감하였다. 본인의 생체적 능력이 급격히 감소하기 시작하자, 그는 안락사라는 선택을 하게 되었다. 구달은 베토벤 교향곡 9번 4악장 합창곡인 '환희의 송가'를 들으며 하늘나라에 갔다고 한다. 그는 102세 때까지 연구도 하고 컴퓨터도 스스로 다룰 정도로 삶에 대한 애착이 있었다. 하지만 최근 수년 동안 건강이 악화되어 혼자 생활하기 어려워지자 더

불행해질 것이란 생각으로 삶을 마감하기로 결정하였다.

호주는 빅토리아주만 안락사를 허용하고 있는데 불치병에 걸린 6개월 미만 시한부 선거를 받은 사람들만 대상이다. 스위스에서는 불치병에 걸리지 않았더라도 상당 기간 조력자살을 원한다는 의향을 밝히면 안락사를 요구할 수 있어서 구달 박사는 스위스행을 택했다. 이야기하기를 "죽는 것보다 죽고 싶어도 그러지 못하는 게 진짜 슬픈 일. 내 나이가 되면 아침에 일어나 식사를 하고 점심때까지 앉아있다. 그리고 나서 점심을 약간 먹고 다시 앉아있다. 그게 무슨 쓸모가 있느냐. 더는 삶을 지속하고 싶지가 않다. 생을 마칠 기회를 얻어 행복하다. 노인이 삶을 지속해야 하는 것으로부터 자유로워질 수 있는 도구로 내가 기억되길 바란다."라고 하였다.

현재 우리나라에서는 존엄사를 합법으로 인정하였다. '죽을 권리'를 어느 정도 보장받게 된 것이다. 다만 '임종 과정에 있는 환자'만 연명 치료를 중단할 수 있다. 존엄사보다 폭넓은 안락사의 경우 우리나라에서는 인정하지 않고 있다.

자살은 여러 가지 죽음의 한 형태로 스스로 삶을 중단시키는 행위이다. 어머니는 자살일까 안락사일까 생각을 해보았다. 나는 어머니의 죽음을 안락사라고 이야기하고 싶다.

어머니는 양성 뇌종양이셨으며 수술 이후 1년 반 되던 날부터 극심한 통증에 시달리셨다. 어느 날 갑자기 통증이 심해졌고 마약 진통제가 듣지 않는 통증이라 강도가 심각했으며, 어머니는 많이 괴로워하셨다. 그리고 점점 인지 능력이 떨어졌고 치매 걱정을 하셨다.

건강하실 때도 말씀하셨다. "내가 많이 아파져서 거동이 불편하게 되면 미련 없이 요양병원으로 보내라." 건강하실 때도, 아프실 때도, 내게 짐이 되는 걸 원치 않으신다는 것을 느낄 수 있었다.

같이 서울로 올라가자고 하였을 때 어머니는 천안에 남겠다고 하셨다. 어머니 혼자 둘 수 없었던 나는 "회사에 대전팀으로 보내 달라고 요청을 할 것이다. 요청을 들어주지 않는다면 회사를 관두고 천안 근방에서 직장을 찾겠다."라고 말씀드렸는데 이때 어머니는 죽음에 대해 생각을 하신 거 같다.

죽음을 미리 준비하고 시점까지 생각하셨다. 가장 내가 충격을 받지 않고 앞날에 지장이 가지 않도록 죽음을 철저하게 대비하셨다. 본인의 명이 얼마 남지 않았다는 것도 직감적으로 감지하신 거 같다. 걷잡을 수 없는 통증과 아들의 앞날을 막지 않기 위해 죽는 날을 선택하셨고 농약을 통해 생을 마감하셨다. 나 또한 어머니의 입장이 되면 어떤 선택을 했을까?

심한 통증과 치매 전조 증상까지… 그리고 옆에는 남편도 없고 하나뿐인 아들만 있다면… 병이 확실하게 나아진다는 보장도 없다면… 나 역시 어머니와 같은 선택을 했을 것이다. 이것은 감정적인 선택이 아니다. 어머니의 죽음이 자살로 보이지만 그 안을 들여다보면 안락사에 더 가깝다고 말할 수 있다. 미리 죽음을 예견하고 철저하게 죽음을 대비하고 시점을 선택하시고 방법까지 선택하셨다. 그 이유는 어머니의 귀한 아들인 나를 위해서다. 나의 앞날을 위해 어머니는 선택하셨다.

어머니가 돌아가시고 나서 슬픈 감정에 도취되어 의미를 알지 못하였다. 5년이 흐른 현재 어머니의 선택을 이해할 수가 있다. 유서에도 내게 짐이 되고 싶지 않고 나의 미래를 위해 살길도 마련해 주셨다. 어머니의 죽음이 위대한 희생이며 숭고한 죽음이라고 생각한다. 그러하기에 나는 어머니를 위해 빛나는 삶을 살아가고 싶다.

가까운 미래에는 안락사가 법적인 통제를 받는 선택 사항이 될 것이라 본다. 현재 우리나라는 소극적 안락사(환자의 소생 가능성과는 무관하게 환자나 가족의 요청에 따라 생명유지에 필요한 영양 공급, 약물 투여를 공급해 죽음에 이르도록 하는 행위)만 허용하고 있는데 이는 바뀌어 나갈 것이다.

법은 시대적인 의식을 따라가기 마련이라 우리도 안락사에 대해 다시 한번 생각해 볼 필요가 있다. 과거 원시시대부터 현재에 이르기까지 인간의 의식은 꾸준히 성장해 왔으며, 이제는 죽음의 시점을 선택할 수 있는 시점이 가까워질 정도로 성장에 다다르게 되었다. 사람들의 기대 수명이 늘었지만 억지로 삶을 연장하는 걸 원하지 않는 흐름인 만큼 사회적 논의가 필요하다고 본다.

의학적으로 회복이 불가하고 본인이 극심한 고통에 시달린다면 안락사를 통해 편한 죽음을 맞이할 수 있도록 법적인 선택권이 주어져야 한다. 본인도 고통에 시달리고 주변 가족들의 고통도 있기 때문에 오히려 편한 죽음을 통해 서로의 짐을 덜어 줄 수 있을 것이다. 고통 속에서 갑자기 죽음을 맞는 것보다 스스로 임종의 순간을 선택하게 된다면 편안하게 정리를 하고 죽음을 맞이할 수 있을 것이다.

이제는 인간이 죽는 시점을 정하는 흐름으로 갈 것이다. 의미 없는 삶을 지속하기보다 본인이 이제는 갈 시점이 되었다고 생각한다면 죽음을 선택할 수도 있을 것이다. 그렇게 한다면 본인이 죽음을 미리 준비할 수도 있고, 주변에서도 마음 정리를 하여 충격이 덜 할 것이다.

어머니가 나를 위해 안락사를 선택하셨기에 나는 이름처럼 '대길'한 인생을 살아갈 것이다. 하늘나라에서 성장해 가는 아들의 모습을 보고 좋아하실 어머니를 위해….

의사와 제사장…

   나는 의사는 아니지만 히포크라테스 선서와 제네바 선언을 읽고 나면 특유의 느낌이 전해진다. 뭔가 공적이고 인류애적인 의식을 고취시키는 느낌이 들며, 치유의 신이 있다면 신에게 고하는 느낌도 든다. 그리고 또한 새하얀 병원의 이미지도 그려진다.

   병원은 마치 과거의 소도의 역할과 비슷하다. 소도는 삼한의 신성한 지역으로 천군이 지배하던 곳이다. 솟대를 세워 소도만의 경계를 표시하였고, 국법이 미치지 못하는 신성 지역이었다. 죄인들이 숨어들어올 수 있던 치외법권 지역이었다.

   삼한 시대는 국가에서 지배하는 곳이 있고, 제사장이 지배하던 곳이 있었는데 소도는 제사장이 지배하던 신전이었다.

   제사장은 치유도 하고 하늘에 제사도 지내며 신과의 가교역할을 하였다. 소도에는 죄인들이 들어와도 보호를 받았다. 일종의 보호

구역이었다.

탄생과 죽음을 관장하는 병원도 마치 소도와 같다. 부자든 가난하든 나이, 성별, 인종, 국가, 사회적 지위에 상관없이 병원에 온 사람의 목숨을 귀하게 여기는 곳. 일단 어떤 사람이든 한 사람이라도 낫게 하고 보자는 마음, 사실상 병원이란 공간은 인간의 관념으로 만들어진 법보다 하늘의 법이 우선된다. 나을 사람은 몸이 회복되어 이승 생활을 더 하게 되고, 갈 사람은 이승을 떠나 저승에 가게 된다. 이승과 저승을 연결하는 곳이 병원이다.

병원은 마치 신의 에너지가 돌아가는 곳 같다. 병원에서 의사는 제사장이라는 중요한 역할을 수행하며 신의 대리인 역할을 하고 있다. 마치 하늘일을 대신하는 것처럼… 그래서 히포크라테스 선언과 제네바 선언은 마치 신에게 선언하는 것처럼 들린다.

제네바 선언은 히포크라테스 선언을 기초로 만들어진 것이다. 그 안에는 인류에의 삶, 사적 삶이 아닌 공적의 삶, 공적인 하늘 일을 하는 사람에 대한 내용이 담겨져 있다.

'나는 양심과 위엄을 가지고 의료직을 수행한다.'

이 구절에서 양심은 신의 마음이며 대자연의 마음이다. 위엄은 상대보다 더 나은 상태에서 나오는 것이다. 치유하는 사람은 치유의 에너지를 내려줘야 하기 때문에 상대보다 더 상태가 좋고 에너지가 탄탄해야 한다.

급수가 낮은 사람이 급수가 높은 사람을 치유한다는 것은 뭔가 맞지 않는다. 사람은 보다 나은 사람의 말을 듣는 게 본능이므로, 급수가 높은 사람이 급수가 낮은 사람을 치료할 수 있다.

그래서 대기업 CEO의 수술은 병원장이 직접 맡기도 하는 것이다. 또한 환자의 비밀을 누설하면 안 되기 때문에 누구보다 입이 무거워야 하며, 인간의 생명 중시 이것은 기본이다. 정도를 벗어난 의학지식을 사용하지 않으며 인간을 존중하며 신성시한다.

제네바 선언의 내용을 마음 깊게 새기고 의사가 된다면 공적인 삶을 살 수밖에 없을 것 같다.

예전에는 제사장 혼자 환자 치유를 하였지만, 현재는 서로 협업을 한다. 지금은 분업화가 되어있으며 의사, 간호사 등 여러 명의 의료진이 붙어서 한 사람을 살린다.

지금 시대의 사람들은 예전과 다르게 의식 수준과 기운, 마인드가 커졌기 때문에 한 사람이 모든 걸 책임지고 사람을 살릴 수가 없는 것이다.

현재는 협업의 시대이다. 여러 의료진들의 에너지가 통합되어 돌아가야 한 사람을 살릴 수가 있다.

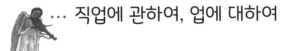

… 직업에 관하여, 업에 대하여

업(業)은 산스크리트어(인도의 고전어)인 카르마(Karma)의 번역어이다. 사람이 특정직업의 일을 한다는 것은 단순히 '생계를 위해서'라는 표면적인 이유보다는 다른 의미가 있는 것이라 생각한다.

교육업이든 의료업이든 유통업이든 특정업에 종사하는 사람들은 다 이유가 있는 것이라 말할 수 있다. 의료업에 의사, 약사, 간호사들이 괜히 종사하는 게 아니라는 뜻이다. 한 번쯤 내가 왜 이 직종의 일을 하게 되었을까? 생각해 볼 필요가 있다.

질병과 관련이 많았던 내가 괜히 제약 쪽에서 일을 하며 의료관계자를 만나는 게 아니라고 생각한다. 의사, 간호사, 약사, 환자, 요양사 등은 의료라는 같은 판에서 움직이는 사람들이다. 판사, 검사, 경찰, 교도관, 범죄자의 경우 역시 같은 판에서 움직이는 사람들이라 볼 수 있다. 의사는 병을 얻게 되면 환자가 되기도 하고 경찰도

비리를 저지르면 범죄자가 되기도 한다.

우리는 직업을 통해 인연이 세팅되어 있으며 그 안에서 일을 하며 깨달음을 얻고 있다. 특히 본인에게 다가오는 사람을 통해 공부를 하는데 의사와 환자, 형사와 범죄자라는 관계성 속에서 많은 정보를 얻는다.

의사나 약사의 경우, 아픈 사람들이 자기 앞에 오게 되어있다. 단순히 아픈 사람을 치료하는 것이 아닌 그 사람들에게서 얻어야 하는 무언가 깨달음이 있기 때문에 여러 환자들과 인연이 되는 것이다.

치유 관련 직업을 삼고 있는 사람들은 집안 대대로 치유 관련 직종인 경우나 집안에 아픈 사람이 있는 경우가 많다. 치유자는 환자를 치료하다가 본인의 상태가 안 좋아지면 환자가 되기도 한다.

의사는 환자를 공부해야 한다. 왜 질병이 왔을까? 저 사람의 마인드, 행동은 어떠한가? 피해의식이 무엇인가? 결핍은 무엇인가? 진료를 하고 약을 처방해 주는 것뿐만 아니라 환자를 연구해야 한다. 질병과 사람을 같이 봐야 한다.

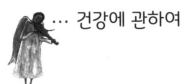 ··· 건강에 관하여

돈이 아무리 많고 인생에서 성공하여도 몸이 건강하지 못하다면, 아무리 능력이 좋고 재능이 많아도 몸이 건강하지 않다면, 건강을 한 번 잃었던 사람에게 "인생에서 가장 중요한 것이 무엇인가?"라고 묻는다면 대부분 "건강"이라고 대답할 것이다.

나 역시 건강을 잃어 보았기 때문에 건강의 중요성은 아무리 강조해도 지나치지 않는다.

"본인이나 가족이 건강을 잃는다면?" 실제로 겪어 보지 않았다면 그 고통은 말할 수 없을 것이다. 그래서 건강에 대한 중요성은 계속해서 강조하여도 무리가 없다.

누구나 건강을 관리해야 하는데 특히 건강 관리의 최전선에 있는 의사들과 간호사들은 누구보다 건강해야 한다. 의사와 간호사들은 진료와 수술을 해야 하기 때문에 최상의 컨디션을 유지해야 한다.

수술의 경우 생과 사를 가를 수 있기 때문에 평소에 건강 관리와 컨디션 관리에 각별히 신경을 써야 한다. 의사와 간호사는 사람을 치료하는 치유자이다. 진료를 볼 때도 생생한 컨디션과 기운으로 환자에게 처방을 내려 준다면 환자들도 좋은 영향을 받을 것이다. 사람은 본능적으로 본인보다 더 나은 사람의 말은 잘 듣게 되어있다. 내 앞에 있는 의사 선생님이 건강하고 좋은 기운을 뿜어낸다면 눈으로 보이지 않지만 환자는 긍정적인 영향을 받을 수 있다. 여기에 말 한마디 더 붙여주면 금상첨화다. 이것도 치유의 한 부분이 될 수도 있다고 생각한다.

환자들도 진료를 받으면서 '나도 내 앞에 계신 의사 선생님처럼 어서 건강해지고 싶다'라는 생각을 가져야 좋은 영향을 받을 수 있다. 단순히 병원에 와서 물리적인 약 처방만 받는 게 아닌, 병원에 와서 좋은 기운을 받고 가는 것이다. 좋은 기운을 받고 집에 돌아와서 환자는 다시 본인의 건강을 위해 다시 노력하게 되고, 의사 역시 더욱 본인의 건강과 컨디션을 관리하게 되는 선순환 구조가 만들어지지 않을까 한다. 환자와 의사가 서로 같이 노력하는 시너지가 치유의 효과를 더 증가시킬 수 있을 것이다.

건강에 관한 나의 이야기를 풀어 보고 싶다.

육체가 건강하려면 정신의 건강이 선행되어야 한다. 육체는 정신의 지배를 받기 때문에 정신이 피폐해지면 육체도 덩달아 시들어진다. 먼저 정신적으로 질병이 오고 난 후 나중에 육체에 병이 만들어지는 것이라 생각한다. 뜬금없이 병이 오는 게 아닌 정신적으로 발생이 되고 정신적인 질병이 육체로 발현되는 것이다. 암 환자의 경우 암이 발생하기 전 눈에 보이지는 않지만 이미 병이 정신적으로 선행이 되어있다는 것이다. 병이 3차원적으로 물질화가 되기 전에 정신적으로 발현이 된다.

나 같은 경우 뇌병변이 물질화되기 전, 정신적으로 먼저 발현이 되는 시점이 있었을 것이다. 뜬금없이 병이 찾아온 것이 아닌 나의 잘못된 습관, 마인드와 외부환경(부모님 불화에 대한 스트레스)이 합쳐져 물질적으로 병이 발현된 것이다. 먼저 정신적으로 발현되고 그 후 물질적으로 완성되었다. 내 잘못된 습관(고집)과 외부환경이 나를 물질적인 병으로 몰아간 것이다.

육체적으로 병이 발발하기 전 정신적으로 신호가 있고 발현된다면 우리는 이 정신적인 부분에 특히 주목해야 한다. 그래서 특히 현대인들은 정신적인 건강이 아주 중요하다.

육체의 건강에 대해서는 많은 정보가 나와 있으니 정신의 건강에 대해 간단하게 이야기하고 싶다.

정신적인 스트레스를 조정해 나가야 하는데 가장 좋은 방법은 좋은 정보를 머리에 넣어야 한다는 점이다. 좋은 정보를 받아들여야 내 영혼이 풍성해질 수 있다.

정보의 형태는 여러 가지가 있다. 오늘 아침 직장동료가 무심코 해준 말이 나에게 시원함을 줄 수 있고, 운전하면서 듣고 있던 라디오에서 나온 말이 결정적인 정보를 줄 수도 있다. 우연히 스마트 폰으로 인터넷을 서핑하다가 좋은 정보를 얻을 수가 있다. 본인이 분별만 한다면 양질의 정보는 우리에게 늘 신호를 준다. 이러한 정보를 알아차리고 받아들이고 내 것으로 흡수를 하면 정신이 순환되면서 건강해질 것이다.

다음으로 입으로 먹는 음식과 식당도 정신적인 건강에 많은 영향을 끼친다. 먹는 음식에 관한 정보는 넘쳐 나므로 밥을 먹는 공간인 식당에 관해 이야기하고 싶다.

우리는 식사를 할 때 단순히 영양소만 섭취하는 것이 아닌, 보이지 않는 무형의 에너지도 먹는다. 영양소라는 물질 에너지도 섭취하지만 기운 에너지도 먹는 것이다. 특히 식당이라는 공간의 식사는 많은 영향을 끼친다. 누구나 한 번쯤 경험이 있을 것이다.

어떤 음식점에서 밥을 먹고 나왔는데 기가 순식간에 빨린 느낌이 들거나 뭔가 불쾌한 기분이 들었던 적이 있을 것이다.

음식에 담긴 요리사의 기운, 음식 자체의 기운(신선한 재료 등에 영향), 식당에 담긴 공간의 기운, 식당 종업원의 기운, 그리고 내 앞에 있는 상대의 기운, 이런 모든 기운을 흡수하고 받아들이면서 상대와 말을 하면서 식사를 하므로 식당 안에서 받는 에너지가 겹쳐지면서 기가 빨리거나 반대로 좋은 기운을 흡수하여 충만한 기분이 들기도 하는 것이다.

그래서 급하게 끼니를 때워야 하는 상황이 아니라면 좋은 에너지를 섭취할 수 있는 식당에 가서 음식을 먹는 것이 정신건강에 이로울 것이다. 그리고 식당에 같이 가는 일행도 중요하다.

식사를 하면서 이야기를 나누는데 서로 정보를 나누기도 하고 감정적인 에너지를 방출하기도 한다. 상대방이 본인의 힘든 점을 토로하면서 감정 에너지를 배출하면 듣는 사람에게 그대로 전해져 기분이 다운되거나 혼이 빠지는 느낌이 들기도 한다. 그래서 가급적 식사를 하러 갈 때는 편안하게 식사를 할 수 있는 사람과 가는 것이 이롭다. 한 번쯤 본인이 섭취하는 정신 에너지와 음식에 대해 생각해 보는 것이 어떨까?

정신적인 처방…
– 말 그리고 영혼의 안정

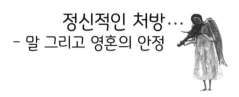

　고등학생 시절 뇌병변으로 쓰러지고 중환자실에 누워 있을 때 한 여의사가 나를 보자마자 이야기했다.

　"아마 후유증이 남아 장애인이 될 수도 있을 것입니다."

　그 얘기 듣고 어찌나 눈물을 흘렸는지… 정말 그렇게 되는 줄 알았다. 내 부모님은 겉으로 티는 내지 않으셨지만 나는 가슴이 무너져 내렸다. 이처럼 환자가 되어 병원에 가게 되면 의료진들의 말 한마디에 천국과 지옥을 오간다. 다행히 저 여의사 말이 기폭제가 되어 나의 부모님은 기필코 나를 낫게 하겠다 라는 마음을 품으셨다고 한다.

　아버지의 경우도 현재 파킨슨병 투병 중이신데 진료 중에 한 교수가 "죽으면 고통 끝날 거에요."라는 이야기를 면전에서 했다고 한다.

일부 의사들의 경우지만 치유자로서 좀 더 책임감을 갖고 이야기를 했으면 하는 아쉬움이 있다.

치유자는 물리적인 약과 수술로 환자를 낫게 할 수도 있지만 정신적인 말로도 약을 줄 수 있다고 생각한다. 환자에게 있어 최고의 약이 한마디 말이 될 수도 있다.

어머니 뇌수술을 하실 때 집도의가 병실로 와서 이야기해주었다. "수술 잘 되실 거다. 걱정마시라. 종양이 그렇게 나쁜 것은 아니다." 이 한마디에 나와 어머니는 힘을 얻었고, 어머니는 집도의 선생님을 믿고 10시간이 넘는 대수술에 임할 수 있었다. 집도의 선생님의 확신에 차고 자신감 있는 한마디에 환자인 어머니와 보호자였던 나는 감응을 하였다. 의사의 자신감 있고 확실한 한마디가 환자의 상태에 영향을 줄 수 있다.

이처럼 의사와 환자와의 유대 관계에서 말 한마디의 영향력은 크다. 물질적인 약 처방을 통해 혈당이나 혈압 등의 수치를 안정화시킬 수 있지만, 한마디의 말로도 환자의 건강에 긍정적인 영향을 줄 수 있다고 생각한다.

치유라는 것은 나를 위하는 마음보다 남을 위하는 마음인 이타심에서 발현이 된다. 의사는 환자와의 관계성에서 보면 선생님과 같다. 포지션상 치유자이기 때문에 환자보다 질량이 더 큰 것이다. 한마디 할 때 조금만 더 환자의 입장에서 생각해 보고 이야기를 내려

준다면 그것이 선순환을 일으킬 것이다.

　그래서 의사는 환자의 성향에 대해 빠르게 파악할수록 좋다. 환자의 질병만 볼 것이 아니라 성격, 결핍, 장단점 등을 대화를 통해 파악하고 그에 맞게 말 한마디와 물질적 약을 처방해 준다면 금상첨화일 것이다. 그래서 의사도 수많은 환자를 통해 사람 공부를 해 나가는 것이다.

 골든타임

예전에 〈골든타임〉이라는 의학 드라마를 재밌게 본 기억이 있다. 응급의학과를 중심으로 펼쳐지는 의학 드라마이며 스토리는 석 선장을 구한 이국종 외과의사 스토리를 모티브로 했다고 한다. 아덴만의 영웅이던 석 선장을 기적같이 살린 아주대 병원의 이국종 교수의 건의로 일명 '이국종법'이 통과되었다고 한다.

'골든타임'의 뜻은 중증환자의 생사를 결정하는 1시간, 즉 생사가 걸린 1시간을 바로 '골든타임'이라고 한다. 골든타임 때 사람을 살릴 수도 있고, 사람을 죽일 수도 있다. 의사는 순간의 선택과 판단을 할 수 있다. 순간의 선택과 판단으로 사람은 살기도 하고 죽기도 한다. 살 사람은 어떻게든 살겠지만, 죽는 사람의 경우 죽는 시간을 조절한다.

죽음의 시간을 관장하는 사람은 '의사'이다. 저승사자가 도착하면 죽음의 시간을 말한다. "몇 시 몇 분 몇 초 임종하셨습니다."

저승사자는 죽은 사람을 저승으로 인도하는 사자이고, 의사는 이생의 갈림길에서 저승으로 가는 시간을 딜레이 시키는 사람이다. 즉 영혼을 두고 저승사자와 의사가 줄다리기를 하고 있다. 의사는 영혼을 이승에 더 붙잡아 두려 하고, 저승사자는 영혼을 저승으로 데려가려 한다. 의사는 하늘법에 따라 움직이는 사람들이다. 즉 삶과 죽음의 영역에 관여하는 이승의 사자이다. 이들은 생사여탈권을 갖는다. 아무나 이 권한을 갖는 것은 아니다. 정말 사람을 살리고자 하는 소명의식을 가진 사람만이 골든타임의 시간에 '생사여탈권'을 쥐게 되는 것이다. 부자든, 가난한 사람이든, 아이, 어른 할 것 없이 사람의 목숨을 귀히 여기는 자, 한 사람이라도 살리려는 그 마음이 의사의 마음이 아닌가 싶다.

그리고 또 하나 의사가 관여하는 것이 있다. 바로 출산이다. 예전에는 자연분만을 통해 출산하였는데, 요즘엔 제왕절개로 태어나는 아기들이 많아졌다. 의사가 임산부의 상태를 보고 제왕절개 수술날짜를 정하여 그 날짜와 특정 시간에 아기가 탄생하는 것이다.

사람이 태어나는 순간에도 관여되는 것이다. 보통 제왕절개 수술은 늦은 밤이나 새벽에는 하지 않으므로 앞으로 제왕절개로 태어날 아기들은 낮에 많이 태어날 거 같다. 이처럼 탄생과 죽음의 영역에 관여하고, 생사여탈권을 지닌 의사라는 직업은 멋지고 귀한 직업이다.

··· 치유사 그리고 연금술사

현재의 의사와 약사는 치유사이다. 치유사는 아픈 사람을 약이든, 말이든, 수술이든, 여러 가지 방식으로 치료를 하는 사람을 말한다.

10년여 년이 지나면 과학발전이 통합을 이루면서 기술 특이점이올 것이라 예상되는데 그중에서도 인공지능이 의료 쪽의 많은 부분을 담당할 것으로 보여진다. 수술, 진료 등 기존 의사들이 해오던일들이 인공지능으로 대체가 될 것으로 보인다. 그렇다고 하면 인간만이 할 수 있는 일이 무엇이 있을까? 하고 생각을 해보았다.

결론적으로 말하면, 앞으로의 의사와 약사들은 '연금술사'가 되어야 한다고 생각한다. '연금술사'는 병의 근원을 알고 근원을 치유하여 새로운 사람으로 재탄생시키는 사람이다.

마치 연예인을 키우는 연예기획사 회사처럼, 환자를 새로운 사람으로 재탄생 시키는 것이다. 병원이 마치 하나의 연예기획사처럼 역할을 하는 것이다. 환자 개개인마다 맞춤식으로 병의 근원을 찾아 들어가는 것이다.

몸에 질병이 왔다는 것은 본인에게 모순이 있다는 것이 물질적으로 표현이 된 것이다. 이럴 경우 약으로 수치를 조절한다고 병이 낫는 것이 아니다. 본인의 마인드, 습관 등 총체적으로 바꿔줘야 질병도 호전이 되어 갈 것이다.

한 명의 인간을 재탄생 시켜주는 것이다. 이것이 가능하려면 의사, 약사들은 도인이 되어야 한다. 여기서 도인은 산속에서 도를 닦는 사람이 아닌, '사람을 꿰뚫어 보는 힘을 가진 사람'을 일컫는다.

내 앞에 온 환자의 결핍과 피해의식은 무엇인지, 이 사람의 장단점은 무엇인지, 마인드는 어떠한지, 어떤 일에 감정적인 반응을 보이는지 등등의 정보를 정확하게 파악해 진단을 내려 주는 것이다. 파악한 정보를 바탕으로 환자에게 맞춤식 처방이 들어가는 것이다. 병을 악화시키는 마인드, 습관 등을 고쳐 새로운 사람으로 탄생시켜 주는 것이다.

… 영혼해원에 관하여

어머니가 돌아가시고 난 후 5년째 되는 해인 2020년 나는 큰 결심을 하였다. 어머니의 납골당을 정리해 드리기로 생각을 하였다. 본래 어머니는 유서에 천안 단국대 호수에 화장 후 뿌려 달라고 말씀을 하셨다. 선택하기 전 나와의 마지막 데이트가 기억에 남으셔서 장소를 정하신 거 같다.

나는 상을 치르고 도저히 일을 진행할 엄두가 나질 않아 천안 추모공원에서 화장 후 어머니 유골을 납골당에 모셔드렸다. 나중에 내가 결혼을 하거나 시간이 지나면 정리해 드려야겠다고 생각하고 매년 납골당에 찾아갔다.

납골당은 천안 광덕면 쪽에 위치해 있었고 외진 곳이었다. 항상 갈 때마다 눈물을 펑펑 쏟았던 기억이 있다. 그렇게 5년이란 시간이 흐르고 나는 이 글을 쓰는 올해 어머니를 정리해 드리기로 하였다.

그 이유는 더 이상 돌아가신 어머니를 붙잡고 슬퍼하지 않기 위해

서이다. 내가 슬퍼하는 모습을 보이고 일이 잘 풀리지 않는다면 어머니는 저세상에서도 내 걱정을 하시느라 여정을 못 떠나실 것이다. 슬퍼하고 그리워하기보다 어머니를 가슴에 묻고 행복하게 살아가는 모습을 어머니께 보여 드리고 싶었다.

그게 진정 어머니를 위하는 것이라 생각한다.

때는 2020년 6월 6일로 잡고 미리 준비를 하기 시작하였다. 1월에 어머니가 남겨 주신 집을 정리하기 위해 집을 내놓았다. 사실 재개발 가능성과 월세 수입으로 인해 망설이기도 하였지만, 나는 서울에서의 새 출발을 위해 천안 집을 정리하기로 마음먹었다. 그리고 5월부터 어머니가 남기신 유품 중에 아직도 처리 못한 것들을 하나하나 정리를 하기 시작하였다.

어머니가 쓰신 핸드폰과 메모장 등을 보고 상념에 잠기기도 하였는데 과감하게 정리를 하였다. 그리고 오디오도 정리를 하였다. 어머니는 오디오를 내가 간직하길 바라셨지만 나중에 최신식 오디오를 사서 어머니가 좋아하셨던 음악을 듣겠다는 마음으로 정리를 하였다. 기일 전까지 유서를 빼고 모든 물품을 정리하였다.

기일 날 아침이 되어 천안으로 향하였다. 오늘은 나와 어머니의 중요하고 즐거운 날이다. 모자간의 새 출발을 도모하는 날이다. 슬픈 마음을 품지 않고 즐거운 마음을 품고 어머니를 보내 드리려 하였다. 이제부터 나와 어머니는 새 인생을 살게 될 것이다.

천안 톨게이트를 지나는데 하늘이 참 맑았고 덩달아 기분도 좋았다. 먼저 천안에 도착하여 가장 먼저 예전에 살았던 생가를 찾았다. 생가를 둘러 보고 나는 속으로 생각하였다.

"어릴 때 저를 보호해 주시고 키워 주셔서 감사합니다. 천안에서 성장하였고 저는 이제 서울로 새 터를 잡았습니다. 앞으로 더 큰 세상에서 열심히 살아가도록 하겠습니다. 다시 한번 감사합니다."라고 묵념을 하고 다음 장소로 이동을 하였다.

어머니가 생전에 좋아하셨던 빵집에 갔다. 생전에 좋아하셨던 빵을 고르고 팥빙수를 주문하였다. 때마침 좋은 자리가 나서 창가에서 즐겁게 빵과 팥빙수를 먹었다. 그리고 속으로 이야기하였다.

"어머니 마음을 아프게 해드려서 정말 죄송합니다. 가장 가까운 사람인 어머니에게 모진 이야기를 하여 마음을 아프게 한 것이 생각 나서 죄책감이 너무나도 심하였습니다. 이제는 더 이상 저의 사람들과 제 가족의 마음을 아프게 하고 싶지 않습니다. 감정에 휩싸여서 말을 하지 않고 이성적인 표현으로 제 가족을 대하려 합니다. 어머니! 저는 이제 어머니를 빛내 드리는 삶을 살아갈 것입니다. 부디 어머니도 저세상에서 좋아하셨던 음악도 많이 들으시고, 외롭지 않게 행복하게 살아가셨으면 합니다. 언젠가 웃으면서 만날 날을 기대 하겠습니다. 못난 아들 키워 주셔서 감사하였습니다. 행복하세요 어머니!"

빵집에서 기분이 참 좋았다. 그리고 어머니 유골이 모셔져 있는 천안 추모공원으로 향하였다. 이번에 가면서 느낀건데 어머니를 너무 외로운 곳에 모신 게 아닌가 하는 생각이 들었다. 진작 어머니 뜻대로 정리해드릴 걸 하는 생각이 들었다. 추모공원에 도착해서 서류 작성을 먼저 하였다. 그리고 어머니 유골을 잘 담아서 나왔다. 어머니 유골은 자연으로 돌아가실 수 있도록 하천이 흐르는 쪽에 뿌려 드렸고 일부는 잘 담아서 단국대 쪽으로 향하였다.

마지막 장소는 나와 어머니의 마지막 데이트를 했던 천안 단국대 호수이다. 간단하게 코스를 돌고 어머니 유서와 아버지 편지를 불에 태웠다. 불이 꺼질 때까지 지켜보았다. 그리고 어머니의 남은 유골도 정리를 해드렸다.

"어머니 이제 더 이상 아들 걱정 마시고 즐겁고 행복하게 살아가길 바랍니다. 제 어머니라 행복하고 기뻤습니다. 이제는 슬픈 날보다는 즐거운 날 어머니와 함께하였으면 좋겠습니다. 즐겁고 행복한 일 생기면 말씀드릴께요. 어머니 안녕히 가세요!"

나름의 의식을 마치고 나는 서울로 향하였다. 이제 어머니와 나의 새로운 인생이 시작될 것이다.

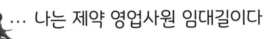 **… 나는 제약 영업사원 임대길이다**

나는 현재 아주약품이라는 회사에 재직 중인 제약 영업사원이다. 올해를 기점으로 회사는 변화에 들어갔고 직원들도 변화의 흐름을 겪고 있다. 여기서 회사에 남는 자와 떠나는 자로 나뉘게 되었다. 각자의 상황에 맞게 직원들은 결정을 하였다. 나는 회사에 남기로 결정하였고 변화와 새로운 도전이라는 과제를 앞두고 있다.

나는 제약 영업을 좋아한다. 쉬운 일은 아니었지만 나에게 소중한 일이다. 회사 생활을 하면서 학교를 다니는 느낌이 들었다. 학교처럼 배우는 게 있기 때문에 그런 생각이 들었다. 덤으로 월급까지 받고 이보다 좋은 학교는 없을 것이다. 이제는 내가 배운 것을 방출할 때가 된 거 같다. 회사에서 배운 것들을 활용할 시기가 왔다.

그동안 나에게 많은 가르침을 주었던 회사 상사분들에게 감사를 표한다. 고집불통이었던 나를 내치지 않고 이끌어 주셨다. 또한 부족한 나를 믿고 거래해주신 원장님, 약사님들께도 감사하다는 말씀을 드리고 싶다.

마지막으로 누구에게도 말하지 못한 제 과거를 돌아보게 하고 글로 승화시킬 수 있도록 많은 영감과 도움을 아낌없이 쏟아주신 카르마 인간관계 연구소 대표인 태라님과 주신님께 깊은 감사를 전합니다.

과거에 대한 책을 집필할 것이라는 생각은 전혀 하지 못하였습니다. 숨기고 싶은 과거였고 그저 죄인처럼 인생을 살아왔는데 두 분께서 제게 명분과 희망을 주셔서 글을 집필할 수 있었습니다. 이제야 미래로 나아갈 수 있습니다.

이제는 불타는 구두를 신고 크게 길하고 싶다.

제 글을 읽고 한 사람이라도 도움이 될 수 있다면.

나는 제약 영업사원 임대길이다.

대길이 엄마 김미자

초판 1쇄   2020년 11월 02일

지은이   임대길
발행인   김재홍
디자인   태라 전난영, 김다윤
교정·교열   김진섭
감수   태라 전난영
마케팅   이연실

발행처   도서출판 지식공감
브랜드   문학공감
등록번호   제2019-000164호
주소   서울특별시 영등포구 경인로82길 3-4 센터플러스 1117호 (문래동1가)
전화   02-3141-2700
팩스   02-322-3089
홈페이지   www.bookdaum.com
이메일   bookon@daum.net

가격   16,000원
ISBN   979-11-5622-536-2 03810

CIP제어번호   CIP2020039490
이 도서의 국립중앙도서관 출판예정도서목록(CIP)은 서지정보유통지원시스템
홈페이지(http://seoji.nl.go.kr)와 국가자료공동목록시스템(http://www.nl.go.kr/
kolisnet)에서 이용하실 수 있습니다.

문학공감은 도서출판 지식공감의 인문교양 단행본 브랜드입니다.